Michael Moorcock naît à Londres le 18 décembre 1939, à temps pour voir les bombes allemandes rythmer sa petite enfance : de là sa vision du monde comme apocalypse lente sous l'obscure clarté de l'entropie. Son père, ingénieur, l'inscrit en vain dans des cours privés successifs ; à quinze ans, il rompt avec l'entropie scolaire. Ce qui lui plaît, c'est le rock : il est guitariste et chanteur dans plusieurs groupes, dont l'un part en Europe du Nord, où le feu des soirées brûle sur les paysages glacés. Il aime écrire : il publie son premier texte dans un fanzine, à douze ans ; à dix-huit ans il devient rédacteur en chef de *Tarzan Adventures*, un périodique pour la jeunesse. Nous sommes en 1957 à Londres, une ville où les choses vont très vite : les civilisés, gris de fatigue, sentent brusquement qu'ils ont nourri des jeunes barbares flamboyants. Les premières aventures d'Elric publiées en 1961, donnent le branle à une cascade de héros qui survolent les horreurs de la Terre avec un détachement cynique ; Sojan, Kane, Corum, Dorian Hawkmoon, Erekosë, Jerry Cornelius, Von Bek, Oswald Bastable, ont chacun leur monde crépusculaire, mais leur errance les conduit sur les routes du multivers où ils se rencontrent et comprennent qu'ils sont des incarnations d'un seul et même antihéros archétypal : le Champion Éternel, déstabilisé par la guerre sans merci de l'Ordre et du Chaos. Autre bataille : celle que Moorcock, à la tête de la revue *New Worlds* et des auteurs modernes (1964-1969), livre aux traditionalistes.

LE SECRET DES RUNES

DU MÊME AUTEUR
CHEZ POCKET

Le cycle d'Elric

1. Elric des dragons
2. La forteresse de la perle
3. Le navigateur sur les mers du destin
4. Elric le nécromancien
5. La sorcière dormante
6. La revanche de la rose
7. L'épée noire
8. Stormbringer
9. Elric à la fin des temps

La quête d'Erekosë
(1 volume)

Le champion éternel
Les guerriers d'argent
Le dragon de l'épée

La légende de Hawkmoon

1. Le joyau noir
2. Le dieu fou
3. L'épée de l'aurore
4. Le secret des runes
5. Le comte airain
6. Le champion de Garathorn
7. La quête de Tanelorn

Les livres de Corum

1. Le chevalier des épées
2. La reine des épées
3. Le roi des épées
4. La lance et le taureau
5. Le chêne et le bélier
6. Le glaive et l'étalon

SCIENCE-FICTION

Collection dirigée par Bénédicte Lombardo

MICHAEL MOORCOCK

LA LÉGENDE DE HAWKMOON

LE SECRET DES RUNES

Traduit de l'anglais par
Bernard Ferry

POCKET

Titre original :

THE RUNESTAFF

ISBN : 978-2-266-17297-4

LIVRE PREMIER

Chapitre I

DANS LA SALLE DU TRÔNE DU ROI HUON

Habiles stratèges, guerriers au courage féroce, peu soucieux de leurs vies, corrompus et pervers, acharnés à semer la mort et la destruction, les barons de Granbretanne détenaient le pouvoir et la force mais ignoraient la moralité et la justice. L'étendard du roi-empereur Huon, leur souverain, flottait aux vents de toutes les régions d'Europe et le continent tout entier leur était soumis ; d'ouest en est ils avaient porté leur sinistre bannière jusqu'aux lointaines contrées qu'ils prétendaient dominer également. Aucune force au monde ne semblait exister qui pût endiguer la démence de ce flot meurtrier. A vrai dire, nul ne songeait même à leur résister. D'un orgueil insolent, glacé et implacable, ils exigeaient des nations entières pour tribut et l'obtenaient si bien que des populations entières gémissaient sous le joug sanglant de ces hordes impitoyables.

A travers tous ces pays écrasés l'espoir s'était tari. Les quelques êtres rares qui en conservaient un peu n'osaient guère l'exprimer, moins encore s'aventuraient à prononcer les mots qui symbolisaient cet espoir :

le Château Airain.

Personne ne prononçait ce nom sans frémir, car le Château Airain était le dernier bastion qui défiait encore les redoutables seigneurs de la guerre du Ténébreux Empire et abritait des héros, ennemis jurés du sombre baron Méliadus, Grand Connétable de l'Ordre du Loup, Commandeur des armées de la Conquête. Nul n'ignorait la haine inextinguible que leur vouait le baron Méliadus. Il s'était lancé dans une vendetta opiniâtre contre ces héros, poursuivait d'une haine particulière Dorian Hawkmoon, le légendaire duc de Köln dont il convoitait l'épouse, fille unique bien-aimée du comte Airain, la belle Yisselda.

Le Château Airain n'avait pas vaincu les armées de Granbretanne, mais seulement réussi à leur échapper en disparaissant dans les limbes grâce au pouvoir magique d'une étrange machine de cristal, fruit d'un art révolu depuis des siècles innombrables. Hawkmoon, le comte Airain, Huillam d'Averc, Oladahn des montagnes de Bulgarie et une poignée de Kamarguais en armes s'étaient ainsi transportés dans une dimension inconnue et inaccessible et la plupart des gens désespéraient de revoir jamais les héros qui représentaient leur seule chance de délivrance. Sans leur en vouloir, ils renonçaient chaque jour un peu plus à l'espoir de parvenir à secouer le joug des oppresseurs.

Dans cette autre Kamarg, détachée de sa terre originelle et propulsée dans une mystérieuse dimension spatio-temporelle, Hawkmoon et ses amis devaient faire face à de nouvelles épreuves. Les sorciers-savants du Ténébreux Empire semblaient près de découvrir le moyen de les rejoindre, ou du moins de les ramener sous le ciel qu'ils avaient fui. Sur les conseils de l'énigmatique Guerrier d'Or et de Jais, Hawkmoon et d'Averc avaient gagné un étrange nouveau monde, en quête de la légendaire Epée de l'Aurore qui devait leur être d'une aide précieuse dans leur combat, mais aussi servir les desseins du Bâton Runique, dont Hawkmoon, selon les dires du Guerrier d'Or et de Jais, était le féal. Une fois maître de la radieuse Epée, Hawkmoon avait appris qu'il devait contourner les côtes d'Amarekh jusqu'à la cité de Dnark qui réclamait les services de l'arme magique. Mais il s'était dérobé à sa nouvelle mission. Il brûlait de regagner le Kamarg où l'attendait la ravissante Yisselda. Au mépris des ordres du Guerrier d'Or et de Jais, il avait mis le cap pour l'Europe à bord d'un vaisseau cédé par Bewchard de Narleen. Ayant fait passer ses obligations envers son épouse, ses amis et son pays d'adoption avant son devoir envers le Bâton Runique, mystérieux objet qu'on disait maître de la destinée des hommes, Hawkmoon voguait, toujours accompagné du fantasque Huillam d'Averc, au large de l'Amarekh vers les rivages de son Europe natale.

Cependant, en Granbretanne, le baron Méliadus enrageait contre son souverain, il le jugeait dément de lui refuser l'autorisation de poursuivre la lutte contre le Château Airain. Dès que Shenegar Trott, comte de Sussex, eût semblé avoir gagné les faveurs du roi-empereur qui se montrait de plus en plus méfiant à l'égard du turbulent conquistador, Méliadus s'était rebellé en partant à la recherche de ses ennemis personnels jusqu'aux confins de la province désolée de Yel. Il les y avait trouvés, en effet, et même fait prisonniers. Mais Hawkmoon et D'Averc étaient parvenus à lui échapper. De retour à Londra, la rage au cœur, Méliadus était déterminé non seulement à anéantir, coûte que coûte, les héros du Château Airain, mais encore à défier, puis à détrôner son souverain, Huon, le roi-empereur immortel...

Haute Histoire du Bâton Runique

Les larges battants s'écartèrent et le baron Méliadus, revenu, depuis peu du Yel, franchit le seuil et s'avança dans la salle du trône afin de faire au roi-empereur le récit de ses échecs et, surtout, celui de ses découvertes.

Lorsque Méliadus pénétra dans la salle gigantesque, dont le plafond semblait se perdre dans les cieux et les murs délimiter une région entière, une double rangée de gardes prit place devant lui de manière à lui barrer le passage. Ces hommes qui appartenaient à l'ordre de la Mante, celui du roi-empereur lui-même, et arboraient des masques d'insecte sertis de joyaux rutilants, répugnaient visiblement à laisser Méliadus approcher du globe impérial.

Méliadus eut peine à maîtriser sa fureur tandis que la barrière humaine s'ouvrait lentement pour lui laisser le passage.

Les couleurs flamboyaient, des hautes galeries se balançaient les bannières éclatantes des cinq cents plus grandes familles de Granbretanne, tous les murs étaient couverts de savantes mosaïques de gemmes précieuses illustrant la puissance et les hauts faits historiques de l'empire. Méliadus progressait le long d'une allée centrale formée par un millier de guerriers de l'ordre de la Mante, statues vivantes qui s'alignaient sur plus d'une demi-lieue.

A mi-chemin, il se prosterna devant le globe impérial.

Quand il se redressa, la sphère sombre et opaque parut frémir, puis la masse obscure fut parcourue de multiples veines blanches, d'innombrables sillons écarlates qui se rejoignaient, se fondaient, et finirent par en dévorer l'opacité. Le liquide sanglant et laiteux tourbillonna et s'éclaircit, révélant une forme minuscule, sorte de foetus levé au centre de la sphère. Un regard en jaillissait, noir et perçant, dur et lourd d'une intelligence immémoriale, d'une immortelle perspicacité. Tel était Huon, roi-empereur de Granbretanne, maître incontesté du Ténébreux Empire, Grand Connétable de l'ordre de la Mante, dont le pouvoir absolu pesait sur dix millions d'âmes, le tyran éternel pour lequel le baron Méliadus avait assujetti l'Europe entière et ses confins.

Vibrante de jeunesse, une voix s'éleva du globe impérial, musicale, envoûtante, arrachée à un homme assassiné dans la fleur de l'âge plus de mille ans auparavant.

— Ah notre impétueux baron Méliadus...

Méliadus se prosterna de nouveau en murmurant :

— Votre fidèle serviteur, Prince Eternel.

— Et qu'avez-vous à nous rapporter, Messire l'Impatient ?

— Un succès, Mon Empereur. Mes soupçons étaient fondés...

— Auriez-vous retrouvé les émissaires d'Asiacommunista ?

— Non, Noble Sire, j'en suis désolé, mais...

Le baron ignorait que ces émissaires n'étaient autres que Hawkmoon et D'Averc ainsi déguisés pour s'introduire dans la capitale du Ténébreux Empire. Seul Flana Mikosevaar, qui les avait aidés à s'enfuir, connaissait ce secret.

— Mais alors que faites-vous ici ?

— J'ai découvert que Hawkmoon, en qui je persiste à voir notre pire ennemi, a visité notre île. Je me suis rendu dans le Yel où je l'ai rencontré, de même que Huillam D'Averc le traitre et Mygan de Llandar le magicien. Ils savent se déplacer à travers des dimensions inconnues.

Méliadus préféra présenter une version tronquée des faits.

« Ils se sont évanouis sous nos yeux avant même que nous ayons pu leur mettre la main dessus. Puissant Monarque, ils vont et viennent dans notre pays sans rencontrer le moindre obstacle et le quittent dès qu'ils le désirent ; le danger qu'ils représentent apparaît clairement aujourd'hui, il devient urgent de les détruire. Je suggère que nous incitions sans attendre nos savants — Taragorm et Kalan en particulier — à concentrer tous leurs efforts sur ce problème, car nous devons atteindre les renégats et en finir avec eux. Ils nous menacent de l'intérieur... »

— Baron Méliadus, avez-vous des nouvelles des émissaires d'Asiacommunista ?

— Aucune, pour l'instant, Puissant Roi-Empereur, mais...

— Baron Méliadus, notre empire s'accommode sans mal de ces minables guérillas ; en revanche, si nos frontières tremblent sous la pression d'une force aussi puissante que la nôtre, plus puissante que la nôtre peut-être — qu'en savons-nous ? — une force qui s'appuie sur les secrets d'une science inconnue, alors, Baron Méliadus, n'en doutez pas, nous risquons d'être écrasés. Pouvez-vous comprendre cela... ?

La voix chaude et pleine avait soudain adopté le ton d'une patience ironique.

Méliadus se rembrunit.

— Quelle preuve avons-nous de la menace d'une telle invasion, Puissant Monarque ?

— Aucune en effet. Et vous, Baron Méliadus, quelle preuve pouvez-vous nous apporter du danger imminent que représentent selon vous Hawkmoon et sa bande de brigands ?

Des traînées d'un bleu translucide traversèrent soudain la visquosité laiteuse dans laquelle baignait le roi immortel.

— Grand Roi-Empereur, laissez-m'en le temps, accordez-moi des moyens suffisants et je saurai vous apporter des preuves irréfutables de mes assertions.

— Nous sommes un empire en expansion, Baron Méliadus. Nous désirons nous étendre plus loin encore. Ne serait-ce pas une vision pessimiste de notre puissance que de nous arrêter là ? Voilà qui ne nous ressemblerait pas. Nous sommes fiers de notre autorité sur le monde et désirons l'élargir indéfiniment. Vous semblez peu soucieux de porter la bannière de notre ambition qui consiste à faire trembler de terreur un univers courbé sous le poids de notre tyrannie. Nous sommes surpris de vous découvrir des préoccupations aussi étriquées...

— Mais en restant aveugles à ces forces insidieuses qui minent notre pouvoir de l'intérieur, nous risquons de voir ces projets grandioses fort compromis, Mon Prince, et le destin de notre empire, jusque là invincible, s'affaiblir irrémédiablement !

— Nous avons eu vent de quelques dissensions, Baron Méliadus. Vous haïssez Hawkmoon personnellement, et désirez Yisselda, fille du comte Airain. Tel est le conflit qui altère votre sens critique. Votre obstination heurte nos projets, nous sommes courroucé, Baron Méliadus, et si vous poursuivez sur cette voie nous nous verrons contraints de nommer quelqu'un à votre place, de vous démettre de vos fonctions, et même — parfaitement — vous bannir de l'Ordre dont vous êtes grand connétable...

Méliadus frémit en portant sa main gantée à son masque. Etre rejeté au rang maudit des Sans-Masques ! Rejoindre les bas-fonds de Londra et se trouver ravalé à la condition méprisable de ses habitants ! La disgrâce absolue ! Méliadus en était muet d'horreur.

La voix étranglée, il prononça :

— Je méditerai vos paroles, Souverain de l'Univers.

— Nous vous le conseillons, Baron Méliadus. Nous serions fâché de voir un valeureux conquérant réduit à néant à cause de quelques idées fumeuses. Vous retrouverez notre confiance dès que vous aurez découvert le moyen mystérieux qui permit la fuite des émissaires d'Asiacommunista.

Le baron tomba à genoux, son masque s'inclina et ses bras s'ouvrirent largement. Le conquérant de l'Europe se prosternait devant son souverain, mais dans sa tête mille idées rebelles se bousculaient et il rendait grâce au Grand Esprit de son ordre de pouvoir dissimuler son visage tordu par la rage derrière son masque de loup.

Un regard sardonique, un œil malfaisant de fouine suivait Méliadus tandis qu'il s'éloignait de la sphère impériale. Huon fit jaillir sa langue préhensile qui atteignit un joyau flottant près de sa tête frippée. Une vague agita le fluide laiteux où éclatèrent toutes les couleurs de l'arc-en-ciel et, peu à peu, le globe s'assombrit jusqu'à redevenir une masse compacte d'un noir d'ébène.

Méliadus tourna les talons et entreprit de parcourir la distance interminable qui le séparait des gigantesques portails. Il marchait et sentait le transpercer les lueurs de centaines de regards malveillants que cachaient les masques des guerriers de l'ordre de la Mante.

Dès qu'il eut franchi les portes, il prit à gauche et s'engagea dans un enchevêtrement de corridors. Ses pas le menaient vers les appartements de la comtesse Flana Mikosevaar, de Kanbery, veuve d'Asrovak Mikosevaar, le renégat moscovite qui combattit en tête de la Légion du Vautour. La comtesse Flana était non seulement chef de la Légion du Vautour, mais encore, et surtout, cousine du roi-empereur, son unique héritière vivante.

CHAPITRE II

LA COMTESSE FLANA

Le masque de héron tissé de fil d'or reposait devant elle sur une table laquée, tandis que son merveilleux visage, bouleversé de tristesse, était tourné vers la fenêtre et son regard perdu au-delà des formes tourmentées des hautes tours de Londra. A chacun de ses gestes les plus imperceptibles, les soies et les pierreries de sa robe reflétaient les rougeoiments du soleil couchant. D'un pas lent elle se dirigea vers un coffre d'ébène dont elle souleva le couvercle. A ses yeux troublés par les larmes apparurent les costumes étranges qu'elle conservait religieusement depuis le départ de ses deux visiteurs de nombreux jours auparavant. Faux princes d'Asiacommunista, Hawkmoon et D'Averc avaient usé de ces déguisements pour s'introduire dans la sombre cité de leurs ennemis. A présent elle se demandait sous quels cieux lointains ils s'étaient égarés — D'Averc surtout qui ne lui avait pas caché l'amour qu'il lui portait.

Flana, comtesse de Kanbery, avait eu une douzaine d'époux et de nombreux amants, dont elle avait disposé à sa guise, tels des objets destinés à meubler son existence au gré des besoins du moment. L'amour lui était inconnu et elle ignorait les sentiments qui pouvaient émouvoir tout être humain, même les tyrans sanguinaires de Granbretanne.

Mais D'Averc, le renégat fantasque et plein d'humour, qui se prétendait toujours malade, avait su toucher son cœur. Peut-être ne s'était-elle jamais éveillée à de tels sentiments parce que, dans la tourmente d'un univers dément, elle seule demeurait humaine, capable de délicatesse et d'un amour dénué de cet égoïsme forcené qui animait les courtisans du Ténébreux Empire. Peut-être D'Averc, délicat et attentionné, tendre et sensible, avait-il secoué cette apathie due, non à une âme sans grandeur, mais à une âme trop généreuse pour survivre dans le monde des cruels seigneurs de la guerre.

Une fois éveillée à ses propres aspirations, la comtesse Flana ne pouvait plus rester aveugle à l'horreur, ni à la perversité du milieu où elle vivait et son cœur était submergé de désespoir à l'idée que son amant d'une seule nuit pût ne jamais lui revenir ou même être déjà mort.

Evitant la société des courtisans, elle s'était retirée dans ses appartements. Grâce au répit qu'elle s'était ainsi accordé, elle se trouvait confrontée à ses propres sentiments mais s'enfonçait également dans une désolation de plus en plus profonde.

Un flot de larmes brûlantes roulaient le long de ses joues parfaites et venaient mourir dans un mouchoir de soie parfumé.

Hésitant sur le seuil de la porte, une servante se présenta. Flana fit un geste machinal vers son masque de héron.

— Que se passe-t-il ?

— Le baron Méliadus de Kroiden désirerait vous voir, Madame. Il dit devoir vous entretenir d'une affaire d'une extrême urgence.

Flana ajusta son masque.

Elle réfléchit quelques instants, puis haussa les épaules. Qu'importait qu'elle vît Méliadus ? Ce ne serait qu'une courte interruption à sa retraite ; elle savait combien il haïssait D'Averc mais espérait trouver le moyen de lui soutirer des nouvelles — si jamais il en avait — des deux héros disparus.

Mais que faire si Méliadus souhaitait faire l'amour avec elle, comme cela arrivait parfois ?

Dans ce cas elle repousserait ses avances comme elle l'avait déjà fait bien des fois auparavant.

Elle inclina légèrement son ravissant masque de héron :

— Qu'il se présente, dit-elle.

Chapitre III

HAWKMOON CHANGE DE ROUTE

Les larges voiles ondulaient puissamment tandis que le navire filait au vent du large. Le ciel était diaphane, marié à une mer d'azur, vaste étendue sereine. On avait rentré les rames et le timonier tenait la barre, scrutant l'horizon. Le maître d'équipage vêtu de noir profond et de fauve éclatant rejoignit Hawkmoon qui sur le pont contemplait l'océan.

Les cheveux d'or du duc de Köln dansaient au gré de la brise marine et sa lourde cape de velours grenat flottait derrière lui. Seule la présence d'une gemme sombre et lisse enchassée dans son front venait rompre l'harmonie de son noble visage tané par les intempéries, endurci par les épreuves surhumaines auxquelles il avait survécu. Le regard plein de gravité, il répondit au salut du maître d'équipage.

— J'ai ordonné que nous contournions la côte pour ensuite faire voile vers l'Est, Messire.

— Qui donc vous a demandé de prendre une telle route ?

— Mais... Personne, Messire. Nous devions mettre le cap sur Dnark, j'ai donc pris sur moi de...

— Nous n'allons pas à Dnark. Dites-le au timonier.

— Mais cet étrange visiteur, le Guerrier d'Or et de Jais comme vous l'appeliez, disait que...

— Cet homme n'est pas mon maître. Nous mettons le cap vers le large. Nous voguons vers l'Europe.

— L'Europe ! Vous avez sauvé Narleen, notre cité, d'un péril effroyable, Messire. Nous vous en devons une éternelle reconnaissance, Messire. Vous n'ignorez pas que nous sommes déterminés à vous suivre jusque dans les pires danger, à vous mener sans souci de nos propres vies, où que vous désiriez vous rendre, mais avez-vous la moindre idée de la distance qui nous sépare des côtes d'Europe, des courants que nous devrons traverser, des tempêtes que nous risquons d'essuyer... ?

— Je comprends ce que vous voulez dire. Mais néanmoins nous mettrons le cap sur l'Europe.

— Comme vous voudrez, Messire.

Le visage sombre, le maître d'équipage s'éloigna pour donner des ordres au timonier.

Sortant de sa cabine sous le grand pont, D'Averc parut, grimpant à l'échelle. Hawkmoon lui sourit.

— Avez-vous bien dormi, ami D'Averc ?

— D'un sommeil aussi paisible que possible à bord de ce rafiot plein de turbulence. Je suis habituellement sujet aux insomnies, voyez-vous Hawkmoon, mais j'ai réussi à m'assoupir quelques instants. Je ne suis pas capable de mieux, je suppose.

Hawkmoon éclata de rire.

— J'ai jeté un œil dans votre cabine, il y a une heure ; et vous dormiez à poings fermés, je vous ai même entendu ronfler.

D'Averc leva les sourcils.

— Ainsi ! Vous avez entendu comme je respire bruyamment ? J'essaye de faire taire ce sifflement dans ma poitrine, mais en vain, le rhume que j'ai attrapé depuis que je suis à bord ne me laisse pas une seconde de répit, dit-il en portant un mouchoir de lin à son nez.

Tout de soie vêtu, D'Averc arborait une large chemise bleu de nuit et des pantalons flottants écarlates ; un lourd ceinturon de cuir supportait une longue épée et un fin poignard. Son visage mince, aux traits presque austères, gardait cette expression d'ironie qui lui était habituelle.

— Mon ouïe ne me fait-elle pas défaut ? demanda-t-il, ne donniez-vous pas des instructions pour que nous mettions le cap sur l'Europe ?

— Vous avez bien entendu, en effet.

— Ainsi vous souhaitez toujours retourner au Château Airain et restez obstinément sourd aux paroles du Guerrier d'Or et de Jais qui vous enjoignait de retrouver votre destin à Dnark où vous deviez porter cette épée et la mettre au service du Bâton Runique.

D'Averc jeta un regard songeur sur la lourde épée rougeoyante qui pendait au côté de son compagnon.

— Je n'ai de comptes à rendre qu'à moi-même et à mes proches avant de courir me mettre au service d'un objet bizarre dont l'existence même me semble tout à fait douteuse.

— Vous n'auriez jamais cru au pouvoir de cette simple lame, l'Epée de l'Aurore, répliqua amèrement D'Averc, « avant de voir une multitude de farouches guerriers surgir du néant et sauver nos vies alors que nous étions traqués. »

Le visage d'Hawkmoon se ferma.

— Je sais, admit-il avec répugnance, « mais je tiens quand même à tenter l'impossible pour retourner au Château Airain. »

— Mais nous ignorons tout de la dimension spatio-temporelle où nous sommes et si le Château se trouve dans cette même dimension.

— Cela également je le sais. Je ne puis qu'espérer que nous nous déplaçons dans la même dimension que nos amis.

Hawkmoon prononça ces mots d'un ton résolu signifiant qu'il ne souffrirait plus aucune objection. Perplexe, D'Averc soutint son regard quelques instants, puis s'éloigna en sifflotant.

Cinq jours durant, les voiles largement

déployées, ils voguèrent à vive allure sur une mer paisible.

Le sixième jour, Le maître d'équipage s'approcha de Hawkmoon qui se tenait à la proue du navire.

— Voyez, Messire, comme le ciel est sombre à l'horizon. Une tempête s'annonce et nous nous dirigeons droit vers elle.

Hawkmoon scruta l'horizon.

— Une tempête, dites-vous ? Mais qui se présente sous un drôle d'aspect.

— En effet, Messire. Dois-je faire amener les voiles ?

— Non. Pas encore. Gardons le cap jusqu'à ce que nous puissions nous faire une idée un peu plus précise de ce qui obscurcit l'horizon.

— Comme vous voudrez, Messire.

Le maître d'équipage redescendit vers le pont en hochant la tête.

Quelques heures plus tard le ciel prit l'apparence d'un mur terrifiant, pourpre et violet, qui jaillissait hors des flots d'un horizon à l'autre. Il s'élevait sans altérer l'azur d'un bleu toujours intense, ni la sérénité de l'océan toujours immobile ; la brise marine avait perdu de sa puissance et tout semblait d'un calme inquiétant. Ils voguaient sur un lac à surface d'huile ; de toutes parts les dominaient des berges couleur de sang qui se perdaient dans les nuées. Les marins étaient muets de stupeur tandis que la voix du maître d'équipage tremblait un peu lorsqu'il s'adressa de nouveau à Hawkmoon.

— Devons-nous garder le cap, Messire ? Je n'ai jamais entendu parler d'un tel phénomène, jamais rien vu de pareil. L'équipage commence à perdre son sang-froid et je dois avouer que je n'en suis pas loin non plus.

Hawkmoon hocha la tête pour montrer qu'il comprenait.

— Très étrange, en effet. On dirait une manifestation surnaturelle.

— C'est ce que disent les marins, Messire.

Hawkmoon eût préféré poursuivre sa route et affronter l'inconnu, quelqu'il soit, mais se sentait responsable des hommes qui avaient choisi de l'accompagner pour le remercier d'avoir débarrassé Narleen, leur cité, du tyran, le Seigneur Pirate, Valjon de Starvel, possesseur avant Hawkmoon de la mystérieuse Epée de l'Aurore.

Hawkmoon poussa un soupir :

— Fort bien. Faites amener les voiles pour la nuit. Espérons qu'à l'aube le phénomène se sera dissipé.

— Nous vous remercions, Messire, répondit le maître d'équipage avec soulagement.

Hawkmoon lui rendit son salut d'un bref mouvement de la tête puis se détourna pour observer les murailles gigantesques et menaçantes. Etaient-elles faites de simples nuages ou de quelque autre étrange matière ? Il commençait à faire froid bien que le soleil brillât encore. Ses rayons toutefois semblaient ne pas atteindre les murs couleur de sang.

Tout était tranquille. Hawkmoon se demandait s'il n'avait pas commis une erreur fatale en se détournant de la route qui devait le mener à Dnark. Nul, à sa connaissance, hormis les anciens, ne s'était jamais aventuré sur ces océans. N'allaient-ils pas se perdre aux confins de régions inexplorées et hostiles, périr face à des obstacles aussi inattendus qu'insurmontables.

La nuit tomba ; dans le lointain les murs rougeoyaient, défiant la pénombre de leurs pourpres et leurs violets, qu'ils diffusaient, mais néanmoins n'étaient pas de la lumière.

Peu à peu, Hawkmoon sentait la panique l'envahir.

Puis ce fut l'aube. L'étreinte des murs s'était resserrée autour du bleu des flots, piège mystérieux élevé par des géants ou quelque autre force surhumaine.

Hawkmoon se voyait traqué. Couvert d'une lourde cape qui le protégeait à peine du froid devenu pénétrant, il arpentait le pont.

Vint D'Averc, emmitouflé et néanmoins tremblant.

— Il fait frais, ce matin.

— Oui, murmura le duc de Köln, « que pensez-vous de tout cela, D'Averc ? »

Le Français hocha la tête.

— Très inquiétant. Mais voici venir le maître d'équipage.

Tous deux s'avancèrent pour le saluer. Lui aussi était chaudement vêtu d'une large cape de cuir dont il n'usait que les jours de tempêtes.

— Qu'en pensez-vous? lui demanda D'Averc.

L'homme semblait soucieux; il s'adressa à Hawkmoon :

— Les marins désirent rester à vos côtés, Messire, quoi qu'il arrive. Ils sont prêts à mourir, s'il le faut.

— L'avenir ne leur apparaît pas sous un jour souriant, à ce que je vois, dit D'Averc, « mais, vues les circonstances nul ne songe à les en blâmer. »

— En effet, Messire, on ne peut que les comprendre.

Le visage rond et jovial du maître d'équipage était transfiguré par le désespoir.

« Dois-je donner ordre d'appareiller, Messire ? »

— Mieux vaut avancer qu'attendre que ces murailles se referment sur nous à tout jamais, dit Hawkmoon.

Le maître d'équipage cria les ordres et les hommes s'activèrent dans les gréements. Peu à peu les voiles se déployèrent, se gonflèrent et, comme à regret, le navire se mit en mouvement vers les hautes falaises nuageuses.

Alors qu'ils en approchaient les falaises se mirent à onduler, puis à tourbillonner ; une plainte terrifiante s'éleva de toutes parts. Hawkmoon jetait des regards anxieux autour de lui.

Et, soudain, les murailles s'évanouirent.

Hawkmoon poussa un soupir de soulagement.

De tous côtés, la mer à perte de vue ; les éléments avaient repris leur aspect primitif. Des cris de joie éclatèrent parmi les marins, mais Hawkmoon ne manqua pas de remarquer que D'Averc avait soudain pâli. Lui-même sentait que l'heure n'était pas encore venu de se réjouir, qu'un péril plus redoutable que jamais les guettait toujours et cramponné à la rembarde, il attendait.

C'est alors que, de la mer immobile, jaillit un monstre gigantesque.

Les acclamations des marins se transformèrent en hurlements de terreur.

De partout d'autres monstres surgirent, déchirant la tranquillité et la transparence. C'étaient d'immenses reptiles dont les babines sanglantes s'ouvraient largement sur trois rangées de crocs acérés ; des trombes d'eau dégouttaient le long de leurs écailles luisantes ; leurs yeux démoniaques jetaient des éclairs furieux.

Une à une, les colossales créatures s'élançaient vers les cieux, remplissant l'air d'un vacarme assourdissant.

— Tel est notre destin, Hawkmoon, cria D'Averc, l'air résigné, et il tira son épée.

« Quelle tristesse de devoir succomber sans même avoir revu le Château Airain, ni goûté une dernière fois la douceur des lèvres adorées. »

Hawkmoon l'entendit à peine. Le cœur plein d'amertume, il songeait à la fin misérable qui l'attendait là ; l'immensité liquide serait sa seule sépulture et nul ne viendrait jamais pleurer sur ses cendres, car nul ne saurait jamais ni où, ni comment il était mort.

Chapitre IV

ORLAND FANK

Les ombres des reptiles gigantesques allaient et venaient au-dessus du pont et l'air était plein du battement de leurs ailes. Ayant le sentiment que le destin s'était joué de lui, le cœur glacé, Hawkmoon regardait avec un froid détachement un des monstres lui fondre dessus, les mâchoires béantes. Le duc de Köln était prêt à vendre sa vie chèrement. Mais déjà le monstre s'élançait de nouveau vers les cieux, après avoir violemment heurté le grand mât.

Hawkmoon, exaspéré, les muscles tendus, sortit l'Epée de l'Aurore, l'arme légendaire que nul, hormis lui, ne pouvait impunément tenir. Mais il savait que dans ce combat la lame magique ne lui serait d'aucun secours ; les immondes reptiles n'avaient nul besoin d'affronter directement l'équipage pour l'anéantir, car pour eux le navire n'était qu'un fétu de paille qu'ils retourneraient d'un simple coup d'aile.

Le navire tanguait, risquait de verser à tout

instant et un souffle fétide empuantissait l'atmosphère.

D'Averc semblait inquiet :

— Pourquoi ne nous attaquent-ils pas? Serions-nous les victimes de quelque cruel amusement ?

— On le dirait, en effet, approuva Hawkmoon, les dents serrées, « peut-être se divertissent-ils un peu avant le massacre final ? »

C'est alors qu'une ombre immense passa sur eux ; d'Averc bondit en brandissant son arme, mais déjà, la bête avait disparu loin dans le ciel. Il se boucha le nez :

— Pouah ! Quelle puanteur ! Mes pauvres poumons déjà si malades !

A présent, une à une, les créatures descendaient et frappaient le bateau à grands coups de leurs ailes dures comme le cuir. Une violente secousse agita le navire tandis que des hommes arrachés aux cordages tombaient sur le pont en hurlant. Hawkmoon et d'Averc manquèrent de basculer par-dessus bord, cramponnés à la rembarde, ils chancelaient.

— Ils font tourner le navire ! cria d'Averc qui n'en croyait pas ses yeux. Ils nous obligent à faire demi-tour !

Silencieux et lugubre, Hawkmoon contemplait leur manège. Après lui avoir fait décrire un angle de quatre-vingt-dix degrés, les reptiles se rassemblèrent en tournoyant loin dans l'espace au-dessus du navire, comme pour se concerter.

Hawkmoon les observait, cherchant dans leurs yeux un éclair d'intelligence, essayant en vain de discerner leurs intentions.

Puis les créatures se placèrent à bonne distance en arrière de la poupe où elles se remirent à tournoyer.

Les reptiles firent claquer leurs ailes, produisant un vent d'une force telle que les deux hommes se retrouvèrent plaqués au sol.

Les voiles se gonflèrent et D'Averc poussa un cri d'étonnement :

— Voilà qui est clair à présent. C'est incroyable ! Ils nous emmènent où bon leur semble !

— En direction de l'Amarekh, ajouta Hawkmoon en s'efforçant de se remettre debout, « je me demande si... »

— De quoi se nourrissent-ils d'après vous ? s'enquit D'Averc, « en tout cas cela ne leur donne pas l'haleine fraîche, Pouah ! »

En dépit des circonstances, Hawkmoon fut obligé de sourire.

Regroupés dans les travées de la nage, les marins levaient des regards pleins de frayeur vers les monstres aux ailes déployées.

— Peut-être nous mènent-ils vers leurs nids, suggéra Hawkmoon, « ne ferions-nous pas une excellente nourriture pour leurs petits ? »

D'Averc prit l'air offensé.

— C'est tout à fait possible, mon cher ami, mais guère flatteur pour nous. Vous auriez pu avoir la délicatesse de passer cette idée sous silence.

De nouveau, Hawkmoon eut un sourire amer.

— Si leurs nids se trouvent sur la terre ferme, nous aurons au moins une chance de les affronter dans des conditions un peu plus favorables pour nous qu'en pleine mer.

— Vous paraissez soudain bien optimiste, Duc de Köln...

Pendant plus d'une heure les étranges reptiles poussèrent le navire qui filait, droit devant, à toute allure. Enfin, sans mot dire, Hawkmoon pointa un doigt vers le lointain.

— Une île ! s'exclama D'Averc, « vous aviez vu juste, sur ce point en tout cas. »

C'était une île de petite taille, apparemment dénuée de toute végétation, s'élevant en pente raide jusqu'à un faîte qui semblait le sommet d'une montagne à demi engloutie.

Hawkmoon s'aperçut alors d'un nouveau danger.

— Les rochers ! Nous allons nous échouer ! Chacun à son poste. Timonier...

Mais Hawkmoon s'était déjà rué sur la barre et tentait désespérément d'éviter que le navire n'allât se briser sur les récifs.

De toutes leurs forces, Hawkmoon et D'Averc essayaient d'infléchir la route du bateau. Mais l'île s'élevait, de plus en plus proche, de plus en plus menaçante et le ressac mugissait à leurs oreilles, lugubre roulement de tambour qui semblait annoncer leur fin prochaine.

Les hautes falaises les dominaient déjà, lorsque le navire dévia lentement ; une gerbe d'écume les fouetta au visage et ils entendirent un grincement sinistre qui se transforma en un fracas de bois éclaté. Ils surent alors que sous la surface de l'eau, la coque du navire s'était irrémédiablement fendue en heurtant quelque rocher.

— Chacun pour soi ! hurla Hawkmoon en se précipitant vers la rambarde, où D'Averc le rejoignit.

Le navire fit un écart, puis se cabra tel un animal effrayé et tous furent projetés contre le bastingage de bâbord. Meurtris, mais toujours conscients, Hawkmoon et D'Averc se remirent sur leurs pieds, hésitèrent un instant et plongèrent dans les flots sombres et bouillonnants.

Entraîné par le poids de sa lourde épée, Hawkmoon glissa vers le fond. Il voyait des silhouettes floues dériver au gré des remous et le bruit du ressac lui parvenait maintenant assourdi. Il n'était pas question pour lui d'abandonner l'Epée de l'Aurore. Il fit au contraire des efforts surhumains pour la remettre dans son fourreau, puis, de toute son énergie, lutta pour remonter à la surface.

Sa tête émergea enfin entre les vagues ; à demi aveuglé, il aperçut non loin de lui le bateau qui le dominait sur une mer soudain paisible alors que le vent était tombé ; le battement terrifiant du ressac s'était changé en un léger murmure et un étrange silence avait remplacé le vacarme qui régnait quelques instants auparavant. Hawkmoon réussit à atteindre un rocher plat à partir duquel il se hissa sur la terre ferme.

Il jeta alors un regard en arrière.

Les monstrueux reptiles tournaient toujours dans le ciel, mais si haut à présent qu'ils semblaient prendre garde à ne pas déranger la tranquillité de l'air. Soudain ils s'élevèrent plus haut encore, planèrent un court instant, puis plongèrent droit vers la surface de l'eau.

L'un après l'autre ils frappèrent la surface produisant une vague fracassante qui fit gémir le navire et faillit déloger Hawkmoon de son refuge.

Et les monstres disparurent dans le lointain.

Hawkmoon s'essuya les yeux et cracha l'eau salée qu'il avait dans la bouche.

Que feraient les monstres après tout cela ? Avaient-ils l'intention de garder leurs proies vivantes pour avoir de la viande fraîche à leur disposition dès qu'ils en auraient besoin ? Rien ne permettrait de deviner ce qui allait se passer ensuite.

Il entendit un cri et vit D'Averc et une demie douzaine de marins qui avançaient péniblement parmi les rochers.

D'Averc lança un œil inquiet du côté où les

monstres s'en étaient allés, puis haussa les épaules.

— Je propose que nous nous enfoncions dans les terres après avoir sorti du bateau tout ce qui peut être sauvé, dit Hawkmoon, combien y a-t-il de survivants ?

Il interrogea du regard le maître d'équipage qui se tenait derrière D'Averc.

— La plupart d'entre nous, je crois, Messire. Nous avons eu de la chance. Regardez.

D'un geste l'homme indiqua le navire et le rivage où la majeure partie des marins étaient rassemblés.

— Que des hommes retournent sur le bateau avant qu'il ne se disloque complètement, ordonna Hawkmoon, et qu'on tende des filins jusqu'à la terre ferme pour ramener des provisions.

— Comme vous voudrez, Messire. Mais, si les monstres reviennent ?

— Nous aviserons le moment venu, répondit Hawkmoon.

Pendant plusieurs heures Hawkmoon observa les marins qui déchargeaient le navire et entassaient toute sorte d'objets sur des rochers.

— Pensez-vous que le bateau soit réparable ? demanda D'Averc.

— Peut-être. La mer est calme maintenant, il y a donc peu de risque qu'il se brise contre les rochers. Mais cela prendra du temps.

Hawkmoon passa ses doigts sur la gemme noire et lisse qu'il avait au front.

« Venez, D'Averc. Nous allons explorer l'île. »

S'agrippant aux rochers, ils se mirent à gravir la pente qui s'élevait vers le point culminant de l'île. L'endroit semblait dépourvu de toute vie. Ils ne pouvaient rien espérer y trouver à part quelques flaques d'eau douce et, peut-être, des crustacés sur le rivage. S'ils ne parvenaient pas à remettre le navire à flots, ils avaient peu de chance de survivre dans ce pays désolé, avec la menace toujours présente du retour des monstres.

Ils atteignirent enfin le sommet où, essoufflés par leur ascension, ils firent une pause.

— L'autre versant est aussi désert que celui-ci, dit D'Averc, je me demande si... »

Il s'interrompit net, puis, suffoqué par la surprise, s'exclama :

— Par les prunelles de Berezenath ! Un homme !

Hawkmoon tourna son regard dans la direction qu'indiquait D'Averc.

Une silhouette longeait le rivage. Alors qu'ils contemplaient cette apparition inattendue, l'homme leva la tête et leur fit de grands signes amicaux, les incitant à le rejoindre.

Se demandant s'ils n'étaient pas vicitmes d'une hallucination les deux amis descendirent lentement le raidillon. Ils s'immobilisèrent non loin de l'homme qui les attendait, solidement planté sur ses jambes écartés, les poings sur les hanches ; un sourire plein de cordialité illuminait son visage.

Il était bizarrement vêtu, sa tenue avait quelque chose de rudimentaire et fantaisiste à la fois. Il portait un justaucorps en cuir qui laissait libres ses bras musculeux et sa poitrine puissante, un étrange pantalon à carreaux et des bottes à larges boucles complètement éculées. Sur sa toison flamboyante était posé un béret en laine plaisamment rehaussé par une longue plume de faisan aux teintes lumineuses. Une corde retenait dans son dos une immense hache-d'armes au fer ébréché et souillé d'avoir tant servi. Il avait le teint vermeil, le visage anguleux et ses yeux d'un bleu très pâle pétillaient de malice tandis qu'il observait les deux naufragés.

— Vous voilà donc — Hawkmoon et D'Averc, dit-il.

Il s'exprimait avec un accent aux rudes résonances.

« On m'avait averti de votre passage probable. »

— Et, qui êtes-vous, Monsieur ? demanda D'Averc, un peu hautain.

— Mais, Orland Fank, vous ne saviez pas ? Orland Fank, pour vous servir, Messires.

— Habitez-vous cette île ? demanda Hawkmoon.

— Jadis oui, mais plus maintenant.

Fank ôta son béret et s'essuya le front avec son avant-bras.

« Je voyage beaucoup ces temps-ci. Tout comme vous, sauf erreur. »

— Et qui vous a parlé de nous ?

— J'ai un frère. Il affectionne de se recouvrir de je ne sais quel métal qui ne manque pas d'originalité, tout noir et doré...

— Le Guerrier d'Or et de Jais ! s'exclama Hawkmoon.

— Titre pompeux, quoique fort élégant, dont certains le gratifient, j'imagine. Il aura certainement omis de vous parler de son rustre de frère.

— En effet. Qui êtes-vous ?

— Orland Fank, de Skare Brae dans les Orkneys, vous connaissez...

— Orkneys !

Hawkmoon s'apprêtait déjà à dégainer.

« En Granbretanne ? Ces îles tout à fait au nord ? »

Fank éclata de rire.

— Osez-donc dire à un homme de chez nous que son pays appartient au Ténébreux Empire et il vous égorgera sans autre forme de procès, à grands coups de dents, sans même perdre de temps à sortir son arme !

Il fit un geste d'impuissance, comme pour s'excuser, et ajouta :

— Voilà comme on aime à traiter ses ennemis par là-bas, si vous voyez ce que je veux dire.

Pour sûr, nous ne sommes pas un peuple très raffiné. »

— Donc le Guerrier d'Or et de Jais vient également des Orkneys... commença D'Averc.

— Que non ! Non ! Lui, des Orkneys, avec son armure resplendissante et ses belles manières ?

Orland Fank riait à gorge déployée.

« Non. Il ne vient pas des Orkneys ! »

Fank riait jusqu'aux larmes et s'essuyait les yeux avec son béret tout défraîchi.

« D'où vous vient une idée si saugrenue ? »

— Vous disiez qu'il était votre frère, aussi...

— Mon frère, oui... Disons, un frère spirituel... Mais peut-être l'est-il réellement. Je ne sais plus. Cela fait tant et tant d'années, voyez-vous...

— Comment vous êtes-vous rencontrés ?

— Disons, une cause commune. Une idée que nous partagions !

— Et qui aurait quoi que ce soit à voir avec le Bâton Runique ? demanda Hawkmoon d'une voix si basse qu'elle couvrait à peine le murmure des vagues qui venaient mourir à leurs pieds.

— Peut-être bien.

— Vous semblez soudain peu loquace, ami Fank, remarqua D'Averc.

— Hum... Nous ne sommes pas des phraseurs, nous autres, hommes des Orkneys, répondit Orland Fank en souriant.

« Et pourtant, je passe pour un bavard parmi eux. »

Il ne paraissait pas le moins du monde offensé par les paroles un peu vives de D'Averc.

D'un geste ample, Hawkmoon indiqua le large.

— Les monstres, les étranges nuages qui se sont élevés pour nous barrer la route ; tout cela était-il lié au Bâton Runique ?

— Je n'ai pas vu le moindre monstre, ni l'ombre d'un nuage. Mais, il faut dire que je viens seulement d'arriver.

— Nous avons été poussés jusqu'à cette île par de gigantesques reptiles, dit Hawkmoon, je commence à comprendre pourquoi. Je suis persuadé qu'eux aussi servent le Bâton Runique.

— Possible, répliqua Fank, ce n'est pas mon affaire, voyez-vous, Seigneur Dorian.

— Est-ce à cause du Bâton Runique que notre navire s'est brisé contre les rochers ? s'entêta Hawkmoon d'un air furieux.

— Je ne pourrais dire, répondit Fank en reposant son béret sur sa toison de feu et en se grattant le menton.

« Je ne sais qu'une chose : je suis ici pour vous fournir un bateau et vous expliquer comment parvenir sans encombre à la terre habitable la plus proche. »

— Vous avez un bateau pour nous ? s'exclama D'Averc.

— Oui... Oh, rien de somptueux, mais il est

robuste et vous portera gaillardement l'un et l'autre.

— L'un et l'autre ! Notre équipage se compose de cinquante marins !

Les yeux de Hawkmoon étincelaient.

« Si le Bâton Runique désire que je le serve, il devrait disposer de moi avec un peu plus d'égards. Jusqu'à présent, il n'a réussi qu'à remplir mon cœur de colère.

— La colère que vous avez au cœur n'importunera jamais que vous-même. Sachez-le, dit Orland Fank d'un ton doux et accommodant.

« Je vous croyais en route pour Dnark où vous appelaient vos devoirs envers le Bâton Runique. Mon frère m'avait dit... »

— Votre frère insistait pour que je me rende à Dnark. Mais d'autres également attendent mes services, Orland Fank. Je me dois à mon épouse que je n'ai pas vue depuis des mois, à mon beau-père qui attend mon retour avec anxiété, à mes amis...

— Les habitants du Château Airain ? On m'a donné des nouvelles d'eux. Ils sont sains et saufs, pour le moment. Ne vous inquiétez pas.

— Etes-vous sûr de cela ?

— Oui. Ils mènent une existence plutôt monotone, pas le moindre événement sinon le souci que leur donne un certain Elvereza Tozer.

— Tozer ! Qu'en est-il de ce renégat ?

— Il a réussi à reprendre son anneau, je crois, et s'est envolé.

Orland Fank accompagna ces mots d'un geste significatif de la main.

— Où a-t-il fui ?

— Comment savoir ? Vous en savez plus long que quiconque au sujet des anneaux de Mygan.

— On ne peut pas se fier à ces objets.

— C'est ce que j'ai crû comprendre.

— De toute façon, ils sont débarrassés de Tozer et ne s'en porteront que mieux.

— Je ne sais rien de cet homme.

— C'est un grand dramaturge, dit Hawkmoon, qui possède autant de rigueur morale qu'un... qu'un...

— Un Granbreton ? proposa Fank.

— Exactement.

Hawkmoon fronça les sourcils et jeta un regard dur vers Orland Fank.

« Ne me trompez-vous pas ? Mes proches et mes amis sont-ils en sûreté ? »

— Pour le moment, nul danger ne les menace.

Hawkmoon poussa un soupir mélancolique.

— Où se trouve ce bateau ? Et qu'adviendra-t-il de mon équipage ?

— Pourquoi ne repartirions-nous pas avec eux ? demanda D'Averc.

— J'avais cru comprendre que vous mouriez tous deux d'impatience et aviez décidé de quitter cette île aussi tôt que possible, dit innocemment Fank, « vous n'ignorez pas que la remise en état de cet immense navire demandera de nombreux jours. »

— Nous prendrons votre petit bateau, concéda Hawkmoon, il paraît clair que si nous ne le faisions pas, le Bâton Runique, ou le pouvoir qui nous a envoyé ici — quelqu'il soit — en serait fort contrarié.

— Cela pourrait bien arriver. Pour sûr ! approuva Fank avec un sourire à peine perceptible qui semblait ne s'adresser qu'à lui-même.

— Et vous, comment quitterez-vous l'île si nous prenons votre bateau, demanda D'Averc.

— Je partirai avec les marins de Narleen. J'ai pas mal de temps à ma disposition en ce moment.

— Sommes-nous loin du continent ? demanda Hawkmoon. « Et comment trouverons-nous notre chemin ? Vous fournirez-nous une boussole ? »

Fank fit un geste évasif.

— Ce n'est pas très loin et vous n'aurez pas besoin de boussole. Vous n'aurez qu'à attendre un vent favorable.

— Que voulez-vous dire ?

— Les vents dans cette partie du monde sont très étranges. Vous verrez vous-mêmes ce que je veux dire.

Résigné, Hawkmoon haussa les épaules.

Ils suivirent Orland Fank le long du rivage.

— Nous ne sommes pas tout à fait aussi maîtres de nos destinées que nous serions en droit de le désirer, murmura D'Averc d'un ton sarcastique.

Au détour d'un rocher, le petit bateau apparut à leurs yeux.

Chapitre VII

LA CITÉ DES OMBRES TRANSPARENTES

Etendu dans la légère embarcation, Hawkmoon était d'humeur maussade, tandis que debout à la proue, le visage fouetté par l'écume, D'Averc sifflotait doucement. Cela faisait un jour entier que le vent les poussait ; et, ce voyage avait sans aucun doute quelque chose d'insolite.

— A présent, je comprends ce que voulait dire Fank, grogna Hawkmoon. « Cette brise n'est pas de celles que rencontrent les marins ordinaires. Je me sens une marionnette aux mains de quelque pouvoir mystérieux.

D'Averc lui répondit par un sourire et pointa son doigt en avant :

— Eh bien, peut-être aurons-nous l'occasion de lui présenter nos doléances. Voyez : la côte est déjà en vue.

Hawkmoon se dressa à regret et vit apparaître les lignes vagues d'un rivage à l'horizon.

— Et nous voici de retour en Amarekh, dit D'Averc dans un éclat de rire.

— Si seulement c'était l'Europe avec Yisselda, debout sur un quai, en train de m'attendre, soupira Hawkmoon.

— Ou même Londra, avec Flana aux mains réconfortantes.

D'Averc haussa les épaules et fut soudain secoué par une violente quinte de toux.

« Bah. De toute façon, ce n'est pas plus mal ainsi. Promise à un homme malade, à demi mort, elle eût rapidement compris son infortune... »

Petit à petit, les contours du rivage où ils allaient aborder se précisaient à leurs yeux ; ils pouvaient distinguer des falaises au dessin irrégulier, des collines, des plages et quelques arbres. Puis, vers le sud, ils virent se détacher une aura étrange de lumière dorée, une lumière qui semblait palpiter au rythme d'un cœur gigantesque.

— Nous n'aurons pas eu à attendre longtemps avant de nous trouver à nouveau confrontés à de tels phénomènes, dit D'Averc.

La brise s'enfla, faisant virer le petit bateau vers la lumière dorée.

— Et c'était inévitable, nous filons tout droit vers ce phénomène, gémit Hawkmoon. Je commence à être las de toutes ces choses !

Ils entraient dans une baie découpée dans le continent et prolongée par une île qui s'étirait d'un bord à l'autre. Tout au bout vibrait l'étrange lumière dorée.

De quelque côté qu'on se tournât et bien qu'on n'y vît pas trace d'habitation, le site paraissait plaisant avec ses plages interminables et ses collines verdoyantes.

Comme ils approchaient de la luminosité, celle-ci s'estompa peu à peu, jusqu'à ce qu'un pâle rougeoiement emplît le ciel au-dessus d'eux ; le bateau ralentit et ils glissèrent doucement vers l'aura d'or rosé. C'est alors qu'ils la virent.

C'était une cité d'une telle grâce et d'une telle beauté qu'ils en restèrent muets. Immense comme Londra, plus vaste encore peut-être, les demeures en forme de flèches, dômes et tourelles n'y étaient qu'harmonieuse symétrie, et toutes vibraient de la même clarté mystérieuse ; des nuances pouvaient s'y distinguer, des ombres pâles et délicates qui semblaient glisser derrière un voile d'or transparent, des teintes d'aquarelles — roses, jaunes, bleues, violette et cerise — dérobées à la lumière et mariées à l'or fin. Cité dont toute présence humaine aurait offensé la magnificence, demeure où sans doute vivaient des dieux.

Le bateau à présent pénétrait dans un port qui s'étendait aux pieds de la ville et dont les quais chatoyaient des mêmes reflets doux et subtils.

— Nous sommes dans un rêve... murmura Hawkmoon.

— Un songe céleste, répondit D'Averc dont

le cynisme coutumier s'était évanoui à la vue d'une telle splendeur.

La petite embarcation se dirigea vers quelques marches tachetées de légères couleurs changeantes qui s'enfonçaient dans l'eau claire, puis s'immobilisa.

— Je suppose que c'est ici que nous devons débarquer, dit d'Averc en haussant les épaules, le bateau eût pu nous amener en un lieu moins agréable.

Hawkmoon acquiesça gravement d'un signe de tête et demanda :

— Les Anneaux de Mygan sont-ils toujours dans votre poche, D'Averc ?

D'Averc porta la main à sa poche.

— Toujours là, oui. Pourquoi ?

— Je voulais savoir si nous avions encore ce recours au cas où nous nous trouverions confrontés à un péril trop grand pour nos simples armes.

D'un regard D'Averc montra qu'il comprenait ; tout à coup, un pli barra son front.

— N'est-il pas étrange que nous n'ayions pas songé à nous en servir sur l'île...

Une expression de profonde surprise se peignit sur le visage de Hawkmoon.

— Mais si, en effet...

Et ses lèvres se serrèrent en une moue désenchantée.

« Nous avons sans aucun doute eu la tête embrumée par quelque influence surnaturelle !

Combien je déteste tous ces phénomènes surnaturels !

Feignant la désapprobation, mais l'œil pétillant de malice, D'Averc posa un doigt sur ses lèvres.

— Comment peut-on dire une chose pareille dans une ville telle que celle-ci !

— Hum — J'espère seulement que les habitants s'y montreront aussi aimables que le site est charmant.

— En admettant que nous y rencontrions âme qui vive, répliqua D'Averc en jetant un regard circulaire.

Ensemble ils grimpèrent les marches et se retrouvèrent sur le quai, face aux étranges demeures entre lesquelles s'ouvraient de larges avenues.

— Entrons dans la ville, dit Hawkmoon résolument, et voyons pourquoi notre présence y était d'une telle urgence. Après, peut-être nous accordera-t-on le loisir de retourner au Château Airain !

S'engageant dans la rue la plus proche, il leur sembla que les ombres légères et colorées qui habitaient les murs des demeures, rayonnaient, pleines de vie, chacune à leur manière. Plus ils en approchaient, plus les hautes tours prenaient un aspect singulier d'immatérialité et Hawkmoon, lorsqu'il tendit la main, fut surpris du contact d'une substance qui lui était inconnue. Ce n'était pas de la pierre et ce n'était pas du bois, pas du métal non plus, car la matière répondait souplement à la pression de sa paume qui en ressentit un léger fourmillement. Il fut encore plus étonné lorsqu'une douce chaleur parcourut son bras avant de se répandre dans son corps tout entier.

Il hocha la tête avec perplexité.

— Ces demeures semblent faites de chair.

D'Averc risqua une main également et ne fut pas moins surpris.

— En effet — ou de quelques substance végétale — organique, en tout cas — vivante !

Il poursuivirent leur chemin. De temps à autre, les longues avenues s'élargissaient en de vastes places. Ils traversaient les places, prenaient une autre rue au hasard sans cesser de lever les yeux à la recherche du faîte des édifices qui semblaient se perdre dans l'infini, disparaissaient dans la vaporeuse brume d'or.

Le son de leurs voix s'était assourdi comme s'ils répugnaient à offenser le silence de la grande cité.

— Avez-vous remarqué, murmura Hawkmoon, qu'il n'y a pas une seule fenêtre ?

— Et pas de portes, renchérit D'Averc, je suis sûr que cette ville ne fut pas bâtie pour des hommes — pas plus qu'elle ne fut bâtie par des hommes !

— De ces êtres sans doute qui furent créés lors du Tragique Millénaire, suggéra

Hawkmoon, des êtres tels que le Peuple des Ombres de Soryandum.

D'Averc approuva d'un signe de tête.

A présent les ombres se rassemblaient sur leur chemin, devant leurs pas, et ils les traversaient, submergés par une impression d'intense plénitude. En dépit de son inquiétude le visage de Hawkmoon s'éclaira d'un sourire, auquel d'Averc répondit en souriant lui aussi. Les ombres chatoyantes flottaient tout autour d'eux. C'est alors que Hawkmoon se demanda si ces ombres, justement, n'étaient pas les habitants de la cité.

Ils débouchèrent enfin sur une vaste place qui, on ne pouvait en douter, était le centre de la ville, et là, s'élançant à perte de vue, s'élevait un édifice cylindrique qui non seulement était le plus imposant, mais encore paraissait le plus délicat par sa forme et sa matière. Ses murs vibraient, lumineux et colorés et, à sa base, Hawkmoon remarqua quelque chose de nouveau.

— D'Averc, regardez — il y a des marches, et qui mènent à une porte !

— Je me demande ce qu'il faut faire, souffla D'Averc.

Hawkmoon haussa les épaules.

— Entrer, bien sûr. Qu'avons-nous à perdre ?

— C'est que nous verrons, une fois à l'intérieur.

D'Averc adressa un sourire à son ami.

« A vous l'honneur, Duc de Köln ! »

Ils montèrent l'escalier et atteignirent la porte qui n'était pas très grande — à dimension humaine — et, à l'intérieur, ils virent un nombre plus important encore de ces ombres chatoyantes.

Suivi de D'Averc, Hawkmoon s'avança bravement.

Chapitre VI

JEHAMIA COHNAHLIAS

Leurs pieds s'enfonçaient dans un sol moelleux, les ombres rougeoyantes semblaient envelopper les deux hommes qui avançaient dans la pénombre pleine de scintillements.

Un son très doux emplissait les corridors — une harmonieuse mélodie, sorte de berceuse céleste. La musique paracheva leur sentiment de bien-être tandis qu'ils s'aventuraient au plus profond de l'étrange édifice organique.

Ils se retrouvèrent soudain dans une petite pièce où frémissait une radiance d'or identique à celle aperçue depuis le bateau.

Et la source en était un enfant qui les attendait là.

C'était un jeune garçon, oriental d'apparence, à la peau satinée, couleur de safran ; les pierreries qui parsemaient l'étoffe de sa robe avaient été posées là par quelque artisan de génie, pas un seul point n'était visible, même à l'œil le plus attentif.

Il souriait, d'un sourire dont l'éclat dominait

la radiance autour de lui. Il était impossible de ne pas l'aimer.

— Duc Dorian Hawkmoon de Köln, dit-il d'une voix chantante en inclinant la tête, « et Huillam D'Averc. J'admire votre œuvre, Messire, vos peintures, de même que vos créations architecturales ».

D'Averc était stupéfait.

— Vous les connaissez ?

— Vous êtes un grand artiste. Pourquoi ne faites-vous plus rien ?

D'Averc eut une toux gênée.

— Je... J'ai dû perdre la main, je pense. Et puis la guerre...

— Oui. Bien sûr, la guerre. Le Ténébreux Empire. C'est à cause de cela que vous êtes venus jusqu'ici.

— Peut-être...

— Mon nom est Jehamia Cohnahlias.

Un sourire illumina de nouveau le visage du jeune garçon.

« Pour devancer les questions que vous pourriez me poser, je ne peux rien vous dire de plus au sujet de moi-même. Cette cité est Dnark et tous les étrangers appellent ses habitants les Grands bienheureux. Vous en avez déjà rencontré quelques-uns, je suppose.

— Les ombres chatoyantes ? demanda Hawkmoon.

— Est-ce ainsi que vous les percevez ? Oui, les ombres chatoyantes.

— Sont-ils des êtres sensibles ?

— Mais oui. Mieux que sensibles même, peut-être.

— Et cette cité, Dnark, dit Hawkmoon, est la cité légendaire du Bâton Runique.

— En effet.

— Il est étrange que toutes les légendes la situent en Asiacommunista et non en Amarekh, ajouta D'Averc.

— Peut-être n'est-ce pas une coïncidence, dit le jeune garçon en souriant, de telle légendes ont toujours leur utilité.

— Je comprends.

Jehamia Cohnahlias posa sur eux un regard plein de sérénité.

— Vous êtes venus pour voir le Bâton Runique, je suppose ?

— Apparemment oui, répondit Hawkmoon incapable de ressentir de l'irritation en présence de cet enfant.

« Dès le départ, le Guerrier d'Or et de Jais nous avait demandé de venir ici ; puis, lorsque nous avons renoncé à suivre son conseil, nous avons rencontré son frère — Orland Fank... »

— Ah oui, dit Jehamia Cohnahlias, Orland Fank. Je voue une affection toute particulière à ce serviteur du Bâton Runique. Eh bien, rendons-nous à la Salle du Bâton Runique.

Mais son front se plissa légèrement.

« J'allais presque oublier. Vous devez d'abord vous rafraîchir et rencontrer un autre voyageur.

Il n'est arrivé ici que quelques heures avant vous. »

— Le connaissons-nous ?

— Je crois que vous avez eu quelques contacts avec lui, autrefois.

Le jeune garçon descendit de sa chaise, il semblait qu'il se déplaçait en flottant dans l'espace.

— Par ici.

— Qui cela peut-il bien être ? murmura D'Averc à l'oreille de Hawkmoon.

« Qui donc parmi les gens que nous connaissons a bien pû venir jusqu'à Dnark ? »

Chapitre VII

L'AUTRE VOYAGEUR

Jehemia Cohnahlias les conduisit à travers les méandres des corridors organiques. Une grande clarté y régnait à présent, car les ombres chatoyantes — les Grands Bienheureux — avaient disparu. Sans doute leur tâche avait-elle été de guider les deux hommes jusqu'au jeune garçon.

Ils pénétrèrent enfin dans une vaste salle au centre de laquelle une table était dressée. La table et les chaises étaient de la même matière inconnue que les parois. Les plats présentés — pain, poisson et légumes verts — étaient assez simples.

Une silhouette se tenait à l'autre bout de la salle ; les deux hommes sursautèrent et s'apprêtèrent à sortir leurs épées ; sur leurs visages pouvait se lire une expression de surprise mêlée de fureur.

Finalement, les dents serrées, Hawkmoon rompit le silence pesant.

— Shenegar Trott !

La lourde silhouette dont le masque semblait

caricaturer les traits qu'il dissimulait, s'avança lentement.

— Bonjour, Messires. Dorian Hawkmoon et Huillam D'Averc, je présume.

Hawkmoon se tourna vers l'enfant.

— Ne savez-vous pas qui est cette personne ?

— Un explorateur venu d'Europe.

— C'est le comte de Sussex — un des bras droits du roi Huon. Il a dévasté la moitié de l'Europe ! Il est après le baron Méliadus le plus acharné à répandre la mort et la terreur !

— Allons, allons, dit Trott d'une voix suave où perçait une pointe d'amusement.

« Inutile de nous dresser les uns contre les autres dès à présent. Nous sommes en territoire neutre ici. Les questions guerrières ne sont pas un sujet approprié à ce lieu. Restons courtois — et n'offensons pas notre jeune hôte...

Hawkmoon lui jeta un regard étincelant de colère.

— Comment êtes-vous venu à Dnark, Comte Shenegar ?

— En bateau, Duc de Köln. Notre baron Kalan — vous le connaissez, je crois...

Trott ne put retenir un ricanement en voyant Hawkmoon porter machinalement la main au joyau noir dont la présence au milieu de son front était justement l'œuvre de Kalan.

« Il a inventé une nouvelle sorte d'engin capable de propulser nos vaisseaux à travers les océans à une vitesse prodigieuse. Le même genre d'engin que ceux qui propulsent nos ornithoptères, je crois, mais plus sophistiqué. Notre sage roi-empereur m'a chargé de cette mission en Amarekh ; ma fonction consiste à prendre pacifiquement contact avec les pouvoirs qui y règnent... »

— Plutôt à découvrir leurs atouts et leurs points faibles en prévision de futures conquêtes, voulez-vous dire ! hurla Hawkmoon. Les serviteurs du Ténébreux Empire ne sont capables que d'actes de traîtrise !

Un voile de tristesse passa sur le visage du jeune garçon qui fit un geste de conciliation.

— Ici, à Dnark, nous ne désirons rien que l'harmonie. Le Bâton Runique n'existe que pour cela ; et nous le protégeons. Je vous en supplie, réservez vos querelles pour le champ de bataille et accordez-vous pour goûter le repas que nous vous offrons.

— Mais notre devoir est de vous prévenir, dit D'Averc d'un ton plus serein que celui de Hawkmoon, que la mission de Shenegar Trott n'est pas pacifique. Où qu'il aille, il apporte la souffrance et la destruction. Soyez vigilant — car son habileté et sa perfidie en font un des plus redoutables seigneurs de Granbretanne.

Le jeune garçon avait l'air gêné.

— Je vous en prie, asseyez-vous, dit-il seulement.

— Et où se trouve votre flotte, Comte Shenegar ? demanda D'Averc en se calant dans son siège et en tirant à lui une assiette qui contenait du poisson.

— Ma flotte ? répondit Trott innocemment. « Je n'ai jamais parlé d'une flotte — mais d'un vaisseau qui est mouillé à quelques lieues de la ville. »

— Eh bien cela doit être un vaisseau immense, murmura Hawkmoon en mordant dans un morceau de pain, car cela ne ressemblerait pas à un comte du Ténébreux Empire que de voyager sans être équipé et prêt au combat.

— Vous oubliez que nous sommes également des savants et érudits en Granbretanne, remarqua Trott, affectant un air peiné. Nous œuvrons en vue de la connaissance, de la vérité et de la sagesse. En unifiant les états belliqueux d'Europe, notre seul but était de répandre une paix rationnelle sur le monde entier pour favoriser une progression de la science aussi rapide que possible.

D'Averc fut secoué d'une quinte de toux fort spectaculaire, mais ne dit mot.

C'est alors que Trott fit un geste inconcevable de la part d'un noble du Ténébreux Empire : négligemment, il releva son masque et se mit à manger. En Granbretanne, montrer son visage et manger en public étaient considérés comme des actes d'une indécence extrême. Trott, Hawkmoon ne l'ignorait pas, avait toujours été admis comme un excentrique dans son pays, toléré par les autres seigneurs uniquement en raison de sa très grande fortune, ses qualités de stratège et — en dépit de son apparente indolence — tous l'admiraient pour son courage exceptionnel en tant que guerrier.

Le visage ainsi révélé était bien celui que caricaturait le masque : un teint blafard, des traits lourds mais pleins d'intelligence. Ses yeux étaient sans expression mais on sentait que Shenegar Trott pouvait à tout moment y faire naître une flamme.

Ils dinèrent en silence, ou presque. Seul le jeune garçon ne toucha pas à la nourriture, bien qu'il restât à table avec eux.

— Pourquoi voyagez-vous affublé d'un accoutrement aussi malcommode, comte Shenegar, si, comme vous le prétendez, votre mission est pacifique ? demanda enfin Hawkmoon en désignant de la main l'encombrante armure en argent que portait le comte.

Shenegar Trott sourit.

— Mais enfin, que pouvais-je savoir des dangers que j'aurais à affronter dans cette étrange cité ? Il me paraît tout à fait sage de voyager convenablement équipé.

D'Averc comprit que le comte ne ferait durant ce repas qu'éluder toutes les questions, aussi préféra-t-il changer de sujet.

— Et quelles sont les nouvelles de la guerre en Europe ? demanda-t-il.

— Il n'y a pas de guerre en Europe, répliqua Trott.

— Pas de guerre ! Dans ce cas que ferions-nous ici, exilés, si loin de nos pays ? lança Hawkmoon.

— Il n'y a pas de guerre car toute l'Europe est maintenant pacifiée sous l'autorité de notre bon roi Huon, précisa Trott.

Et il leur adressa un clin d'œil discret, presque complice, de sorte que Hawkmoon se trouva dans l'impossibilité d'objecter quoi que ce fût à cette affirmation.

— A part la Kamarg, ne l'oublions pas, poursuivit Trott, mais n'oublions pas non plus, bien sû, qu'elle s'est évanouie toute entière dans les limbes. Mon compagnon et pair, le baron Méliadus, en était fou de rage.

— Je n'en doute pas, dit Hawkmoon, et s'acharne-t-il toujours à nous poursuivre de sa fureur ?

— Bien sûr. De fait, lorsque j'ai quitté Londra, il était sur le point de devenir la risée des courtisans.

— Vous semblez éprouver assez peu d'affection pour le Baron Méliadus, insinua D'Averc.

— Vous avez parfaitement raison, lui répondit le comte Shenegar, voyez-vous, nous ne sommes pas tous aussi cupides et insensés que vous le pensez. De fréquents conflits m'opposent au baron Méliadus. Bien que je reste fidèle à mon pays et à mon souverain, je n'approuve pas tous les actes qui furent accomplis en leurs noms — ni, en vérité, ce que j'ai moi-même été parfois contraint de faire. J'obéis aux ordres. Je suis un patriote. »

Il haussa les épaules d'un air résigné.

« Je préfèrerais de beaucoup rester chez moi à lire et à écrire. On me considérait autrefois, le saviez-vous, comme un poète promis à un glorieux avenir. »

— Mais vous n'écrivez plus aujourd'hui que des épitaphes — de sang et de feu, lança Hawkmoon.

Le comte Shenegar ne parut pas froissé. Il répliqua au contraire d'un ton conciliant :

— Vous avez votre point de vue, et moi le mien. Je crois à la valeur finale de notre cause. L'unification du monde est d'une importance fondamentale ; toutes les ambitions personnelles — si nobles soient-elles — doivent être sacrifiées aux grands principes de sagesse.

— C'est invariablement ce que répondent les Granbretons pour éluder certaines questions par trop embarrassantes, dit Hawkmoon, Méliadus n'a pas tenu d'autre discours devant le comte Airain quelques instants à peine avant d'essayer d'enlever sa fille Yisselda !

— Je me suis déjà désolidarisé de Méliadus, répliqua le comte, toutes les cours ont leurs fous, les grands idéaux attirent toujours des êtres dont les motivations sont ambiguës ! »

Plus qu'à Hawkmoon et D'Averc, l'argumentation de Shenegar Trott s'adressait au jeune garçon qui écoutait tranquillement.

Le repas prit fin, Trott repoussa son assiette et replaça son masque d'argent sur son visage. Il se tourna vers l'enfant.

— Je vous remercie pour votre hospitalité, Messire... Vous m'avez promis de me laisser voir et contempler le bâton Runique. Ce sera une joie immense pour moi de me trouver face à la chose légendaire...

Le jeune garçon sembla ne pas remarquer les regards alarmés que lui jetèrent Hawkmoon et D'Averc.

— Il se fait tard, maintenant, dit Jehemia Cohnahlias, nous nous rendrons tous à la Salle du Bâton Runique demain. D'ici là, prenez quelque repos. Derrière cette petite porte, vous trouverez un endroit où passer la nuit. Je viendrai vous chercher demain matin.

Shenegar Trott se redressa, puis s'inclina.

— Je vous remercie pour votre offre, mais mes hommes vont s'inquiéter si je ne rejoins pas mon vaisseau ce soir. Je reviendrai ici demain matin.

— Comme il vous plaira, dit l'enfant.

— Nous vous sommes reconnaissants pour votre hospitalité, dit Hawkmoon, mais encore une fois, laissez-nous vous prévenir contre Shenegar Trott qui n'est pas en réalité tel qu'il se présente devant vous.

Votre ténacité est admirable, dit Shenegar Trott.

Avec désinvolture il les salua de la main et sortit de la pièce d'un pas allègre.

— Je crains que nous ne dormions pas d'un sommeil tranquille, sachant que notre ennemi rôde dans la cité, dit D'Averc.

L'enfant lui répondit par un sourire.

— Ne vous tourmentez pas. Les Grands Bienheureux veilleront sur votre repos et vous protégeront contre tout péril qui pourrait vous menacer. Bonsoir, Messieurs. Nous nous reverrons demain matin.

La silhouette légère du jeune garçon glissa hors de la pièce ; Hawkmoon et D'Averc se dirigèrent vers les lits qui les attendaient dans des alcôves encastrées dans les parois.

— J'ai bien peur que la plus grande menace ne pèse surtout sur cet enfant, remarqua Hawkmoon.

— Nous ferons tout notre possible pour le protéger, répondit D'Averc. Bonne nuit, Hawkmoon. »

Les deux hommes s'installèrent chacun dans une alcôve. Elles étaient pleines d'ombres chatoyantes et vaporeuses et une mélodie aux harmonies aériennes résonnait à leurs oreilles, telle la berceuse céleste qui les avait accompagnés le long des corridors.

Ils tombèrent presque immédiatement dans un profond sommeil.

Chapitre VIII

L'ULTIMATUM

Hawkmoon se réveilla tard, il se sentait pleinement reposé. Mais les ombres chatoyantes s'agitaient autour de lui ; d'un bleu glacé, elles tourbillonnaient dans l'alcôve, comme en proie à la panique.

Hawkmoon se redressa vivement et attacha le ceinturon qui retenait son épée. Une inquiétude sourde l'étreignit. Ce qu'il craignait était-il sur le point de se produire ? A moins que cela ne se soit déjà produit ? Les Grands Bienheureux paraissaient incapables de communiquer avec les humains.

D'Averc entra avec précipitation.

— Que Pensez-vous de tout cela, Hawkmoon ?

— Je ne sais, vraiment. Shenegar Trott marche-t-il déjà sur Dnark ? L'enfant est-il menacé ?

Mais tout à coup les ombres se rassemblèrent et enveloppèrent les deux hommes qui sentirent qu'on les portait hors de l'alcôve. Ainsi, à une vitesse prodigieuse, ils traversèrent la pièce où ils avaient dîné et les corridors de la tour cylindrique ; en un instant ils se retrouvèrent à l'extérieur de l'édifice et ils tournoyaient, s'élevaient à toute allure dans la lumière dorée.

Enfin les Grands Bienheureux ralentirent et, le souffle coupé par la soudaineté de cette action, Hawkmoon et d'Averc se virent suspendus en l'air, loin au-dessus de la grande place.

D'Averc était blême : aucun sol ne le soutenait et les ombres semblaient plus immatérielles que jamais. Cependant, ils ne tombaient pas.

En-bas, sur la place, grouillait une multitude de petites silhouettes qui toutes se dirigeaient vers la tour cylindrique.

— Une armée entière, s'exclama Hawkmoon. « Un millier d'hommes au moins. Que voilà une mission pacifique, à la manière de Shenegar Trott ! Il a envahi Dnark ! Mais pourquoi ?

— Cela ne vous semble-t-il pas évident, répliqua D'Averc, le visage sombre. « Il veut le Bâton Runique, pas moins. Une fois celui-ci en sa possession, il n'aurait aucun mal à abattre sa dictature sur le monde entier ! »

— Mais il ne sait pas où il se trouve exactement !

— C'est sans doute pourquoi ils assaillent la tour. Regardez, il y a déjà des guerriers à l'intérieur !

Dans la lumière dorée, environnés d'ombres

transparentes, les deux hommes contemplaient la scène avec consternation.

— Il nous faut descendre, dit enfin Hawkmoon.

— Mais nous ne sommes que deux contre mille ! fit remarquer D'Averc.

— Oui. Mais si l'Epée de l'Aurore accepte de rassembler à nouveau les Légions de l'Aurore, alors nous les vaincrons ! lui rappela Hawkmoon.

Comme s'ils avaient compris ces paroles les Grands Bienheureux commencèrent à descendre. La chute fut si rapide que Hawkmoon eut le sentiment que ses entrailles étaient aspirées vers le haut. Une foule considérable de guerriers masqués occupait la grande place toute entière. Ces membres de la terrible Légion du Faucon étaient, comme ceux de la Légion du Vantour, des mercenaires, un ramassis de renégats plus cruels encore, si possible, que les Granbretons eux-mêmes. Les yeux fous des Faucons les contemplaient comme s'ils se réjouissaient d'avance de la fête sanglante qu'allaient leur offrir Hawkmoon et D'Averc, leurs becs se dressaient, comme prêts à leur déchirer la chair, les épées, masses, haches et poignards semblaient des griffes impatientes de les lacérer.

Les ombres déposèrent D'Averc et le Duc de Köln non loin de l'entrée de la tour ; ils eurent à peine le temps de tirer leurs lames que déjà les Faucons se jetaient sur eux.

Mais Shenegar Trott apparut à la porte de l'édifice et rappela ses hommes.

— Arrêtez, mes Faucons. Inutile de verser le sang. Je tiens l'enfant !

Il le tenait en effet, d'une main ferme solidement agrippée dans les plis de sa robe, et, pour le leur montrer, à bout de bras, souleva le jeune garçon qui se débattait désespérément.

— Je n'ignore pas que cette ville est pleine de créatures surnaturelles contre lesquelles nous sommes quelque peu désarmés, annonça le comte, « aussi ai-je jugé nécessaire de prendre une garantie pour prix de notre sûreté. Si l'on nous attaque, si l'on touche à un seul de nos cheveux, sans hésiter une seconde je trancherai la gorge de ce petit garçon. »

Shenegar Trott eut un ricanement sournois.

« Cette précaution évitera bien des désagréments à nos ennemis autant qu'à nous-mêmes... »

Hawkmoon fit un geste pour rassembler les Légions de l'Aurore, mais Trott agita un doigt réprobateur.

« Désireriez-vous être responsable de la mort d'un enfant, Duc de Köln ? »

L'œil étincelant de colère, Hawkmoon rabaissa son arme.

— Ne vous avais-je pas prévenu contre la perfidie de cet homme ! dit-il au jeune garçon qui, à demi étranglé par les étoffes dans lesquelles Trott le maintenait prisonnier, continuait à se débattre furieusement.

— Oui... parvint-il à articuler, « j'aurais dû — accorder plus de valeur — à vos paroles, Duc Dorian.

Le comte Shenegar pouffa de rire et son masque jeta des éclairs d'argent dans la lumière dorée.

— Maintenant dis-moi où se trouve le Bâton Runique.

L'enfant désigna de la main l'entrée de la tour.

— La Salle du Bâton Runique est à l'intérieur.

— Tu vas me guider. Shenegar Trott se tourna vers ses hommes. « Attention à ces deux-là. Je tiens à les ramener vivants au roi Huon qui sera enchanté de me voir revenir à la fois avec les héros de Kamarg et avec le Bâton Runique. Au moindre mouvement avertissez-moi, je pourrais toujours lui couper une oreille ou deux. »

Il éleva son poignard et l'approcha du visage du jeune garçon.

« Que la plupart d'entre vous me suivent »

Shenegar Trott disparut à nouveau dans la tour, six Faucons entourèrent Hawkmoon et D'Averc tandis que tous les autres emboitaient le pas à leur chef.

— Si seulement l'enfant avait tenu compte de

ce que nous lui disions! gronda Hawkmoon exaspéré par son impuissance.

Il fit un geste à peine perceptible et les gardes se rapprochèrent d'un air menaçant.

« Et maintenant comment allons-nous le sortir des griffes de Trott? Comment allons-nous sauver le Bâton Runique?

Soudain les Faucons levèrent des yeux étonnés vers le ciel; D'Averc suivit leur regard et sourit.

— Il semble que l'on vienne à notre aide.

Les ombres transparentes revenaient, en effet.

Devant les Faucons frappés de stupeur, elles enveloppèrent les deux hommmes et les soulevèrent dans la brume dorée.

Désemparés, les Faucons bondirent pour les rattraper par les jambes mais les deux hommes étaient déjà hors d'atteinte. Les gardes se ruèrent alors dans la tour pour avertir leur chef.

Emportant Hawkmoon et D'Averc, les Grands Bienheureux s'élevaient, de plus en plus haut. La brume légère se transforma en un brouillard d'or, si dense qu'ils perdirent de vue les édifices de la cité. Ils ne se voyaient même plus l'un l'autre.

Leur voyage leur sembla durer un temps infini avant que le brouillard commençât de se dissiper.

CHAPITRE IX

LE BÂTON RUNIQUE

Le brouillard d'or s'évanouit peu à peu et Hawkmoon cilla, ébloui par une multitude de couleurs qui toutes émanaient d'une même source — volutes et rayons s'entrelaçaient dans l'air, formant d'étranges configurations.

Plissant les yeux, il essayait de distinguer le lieu où il se trouvait. Tous deux étaient suspendus dans l'espace, non loin du plafond d'une salle dont les parois, un assemblage d'émeraudes et d'onyx translucides, rutilaient. Au centre de la pièce s'élevait une estrade accessible de tous côtés par quelques marches. De l'objet posé sur l'estrade provenaient les constructions lumineuses. Etoiles, cercles, cônes et d'autres figures plus complexes mouraient sans cesse, pour sans cesse renaître ailleurs, mais la source qui les créaient restait immuable : un bâton de la taille d'une courte épée, d'un noir opaque et terne, qui, à certains endroits d'un bleu profond et changeant, semblait ouvrir sur l'infini.

Le Bâton Runique ? Hawkmoon en doutait

presque. Cet objet lui parut bien insignifiant au regard du pouvoir légendaire qu'on lui attribuait. Il l'aurait imaginé plus haut qu'un homme, éclatant de mille couleurs... Mais cet objet, il pouvait le saisir d'une seule main.

Tout à coup des hommes surgirent dans la salle : Shenegar Trott et ses Faucons. Le jeune garçon se débattait toujours entre les griffes du comte qui éclata d'un rire sonore.

— Enfin ! Et pour moi seul ! Le roi-empereur en personne n'osera plus jamais rien me refuser maintenant que je possède la Bâton Runique.

Hawkmoon remarqua un parfum ; une senteur entêtante se répandait dans l'air, douce et âcre à la fois. Puis un son mélodieux qui semblait un lointain fredonnement, emplit la pièce. Les Grands Bienheureux commencèrent à descendre et déposèrent Hawkmoon et D'Averc sur la plus haute marche, juste devant le Bâton Runique.

Le comte Shenegar écarquilla les yeux.

— Comment... ?

Hawkmoon qui le dominait, pointa vers lui un doigt impératif.

— Relâchez l'enfant, Shenegar Trott.

Mais le comte de Sussex avait déjà repris ses esprits et lui répondit par un ricanement.

— Racontez-moi donc d'abord par quel moyen vous êtes arrivés ici avant moi.

— Grâce à l'aide des Grands Bienheureux. Quelques-unes de ces créatures surnaturelles que vous craignez à si juste titre. Et, nous avons encore bien d'autres alliés, comte Shenegar.

Trott approcha son poignard à deux doigts du visage du jeune garçon.

— Quel insensé je serais, dans ce cas, d'abandonner ma seule chance de vous échapper, c'est-à-dire de vous vaincre !

Hawkmoon brandit l'Epée de l'Aurore.

— Cette épée possède des pouvoirs singuliers, je vous en préviens, comte. Voyez l'étrange lumière rose qui en émane !

— Mais oui, mais oui. C'est très joli. Mais pensez-vous qu'elle soit capable de m'empêcher d'enlever un œil à cet enfant aussi aisément qu'une noisette d'un panier.

D'Averc jeta un regard circulaire : les vagues et faisceaux lumineux continuaient de s'entrelacer pour former des figures sans cesse changeantes ; les parois miroitaient ; les ombres chatoyantes s'étaient retirées tout en haut, près du plafond, et semblaient observer le drame qui se jouait.

— J'ai l'impression que nous nous sommes engagés dans une impasse, Hawkmoon, murmura-t-il. « Les ombres ne nous seront plus d'aucun secours. Il est clair qu'elles n'ont pas le pouvoir d'intervenir dans les affaires humaines. »

— Si vous libériez l'enfant, j'envisagerais la possibilité de vous laisser sortir de la ville sans encombre, dit Hawkmoon.

Shenegar Trott éclata de rire.

— Vraiment ? Et vous vous sentez de taille à chasser de la ville une armée entière, vous deux ?

— Nous ne manquons pas d'alliés, lui rappela Hawkmoon.

— C'est possible. Mais je vous conseille quand même de jeter vos armes, nous verrons bien en temps utile que faire de celles de vos alliés. Laissez-moi le passage, dès que j'aurai Le Bâton Runique, vous aurez l'enfant.

— Vivant ?

— Vivant.

— Quelle confiance pouvons-nous avoir en lui ? dit D'Averc. Il tuera l'enfant et ensuite disposera de nous à sa guise. Nul n'a jamais vu un noble granbreton tenir parole.

— Il nous faudrait un moyen de pression, souffla Hawkmoon qui commençait à désespérer.

A cet instant, derrière eux, une voix familière retentit.

— Vous n'avez pas le choix, Shenegar Trott, il vous faut relâcher l'enfant !

Plein de surprise, ils se tournèrent et virent un heaume d'or et de jais.

— Ah, pour sûr. Mon frère dit vrai...

Orland Fank venait de surgir de l'autre côté de l'estrade, sa gigantesque hache-d'armes posée sur l'épaule.

— Vous... Ici... Mais comment... ? articula Hawkmoon stupéfait.

— Je pourrais vous poser la même question, répliqua Fank. Ne nous attendiez-vous pas ? Eh bien, nous voilà... Vos amis, vos alliés ! Pour vous servir ! Il va bien falloir trouver une issue à ce débat !

Chapitre X

L'ESPRIT DU BÂTON RUNIQUE

Shenegar Trott, comte de Sussex, secouait la tête en ricanant.

— Fort bien. Vous voici au nombre de quatre maintenant, mais cela ne change guère la situation. J'ai un millier d'hommes. Je tiens l'enfant. Vous m'obligeriez donc en vous écartant de mon chemin, Messieurs, tandis que je prendrai le Bâton Runique.

Le visage décharné d'Orland Fank s'illumina d'un immense sourire, le Guerrier d'Or et des Jais demeura impassible. Hawkmoon et D'Averc les interrogeaient du regard.

— Que voilà un argument qui ne pèse pas bien lourd, mon ami, dit Orland Fank.

— Je n'y vois pourtant pas la moindre faiblesse.

Shenegar Trott fit quelques pas en avant.

— Bien sûr que si, il y en a une, de faiblesse.

Déconcerté, Trott s'immobilisa.

— Vraiment ? Et quelle est-elle ?

— Ne prétendez-vous pas garder cet enfant prisonnier ?

— Je le tuerai avant même que vous ayez le temps de penser à faire un geste pour le libérer.

— Pour sûr. Mais ne prétendez-vous pas également que l'enfant n'a aucun moyen de vous échapper ?

— Il ne peut même pas bouger ! Regardez donc !

Il éclata d'un rire sonore et souleva le jeune garçon empêtré dans les plis de sa robe.

C'est alors que la surprise lui arracha un hurlement. Telle une eau sans pesanteur l'enfant glissait d'entre les mains du comte, sa silhouette soudain immatérielle, transfigurée en un long flot de lumière, ondoyait à travers la salle. Le lointain fredonnement s'enfla, devint une houle mélodieuse tandis que s'exaltait et s'intensifiait la fragrance.

Shenegar Trott tentait en vain d'attraper l'enfant dont la substance était devenue aussi impalpable, insaisissable que les ombres chatoyantes qui maintenant palpitaient dans l'air au-dessus d'eux.

— Par le Globe Impérial ! Ce n'est pas un être humain ! cria-t-il d'une voix vibrante de colère. « Pas un être humain ! »

— A-t-il jamais prétendu une chose pareille ? sussura Orland Fank.

Il lança vers Hawkmoon un regard plein de malicieuse gaieté.

— Vous et votre ami êtes-vous prêts pour une bonne bataille, à présent ?

— Nous sommes prêts, répondit Hawkmoon, le sourire aux lèvres. « Impatients même ! »

Le jeune garçon — ou l'être sinueux qu'il était devenu — s'étirait indéfiniment au-dessus de leurs têtes pour atteindre le Bâton Runique. Les constructions lumineuses se modifiaient et se multipliaient à une allure telle que la salle en fut bientôt envahie et mille traits scintillants et colorés jouaient sur leurs visages.

Orland Fank observait toutes ces métamorphoses avec une grande attention et une ombre de tristesse passa sur son visage lorsque l'enfant vaporeux fut absorbé par le Bâton Runique.

Il n'y eut bientôt plus trace du jeune garçon dans la salle mais le Bâton Runique était devenu d'un noir luisant et il semblait qu'une vie frémissante s'y était insinuée.

— Qui était-il ? interrogea Hawkmoon.

Arraché à sa contemplation, Orland Fank regarda Hawkmoon d'un air pensif.

— Qui ? Eh bien, l'esprit du Bâton Runique. Il se matérialise rarement sous une forme humaine. Vous avez été tout particulièrement honoré.

Shenegar Trott éructait de fureur mais fut réduit au silence lorsque la voix tonnante du Guerrier d'Or et de Jais résonna dans l'enceinte.

— Maintenant, Comte de Sussex, préparez-vous à mourir.

Trott éclata d'un rire dément.

— Quelle erreur ! Vous êtes quatre — nous sommes mille. C'est vous qui allez mourir et moi qui ensuite m'emparerai du Bâton Runique !

Le chevalier se tourna vers Hawkmoon.

— Duc de Köln, voulez-vous vous occuper d'appeler du renfort ?

— Avez plaisir, répondit Hawkmoon en souriant.

Et il brandit l'épée aux reflets sanglants.

— J'appelle à moi les Légions de l'Aurore !

Une grande vague lumineuse aux reflets de sang envahit alors la pièce et se mêla aux figures colorées qui scintillaient dans l'air. Une centaine de guerriers farouches apparurent, un halo écarlate enveloppant chacun d'entre eux.

D'apparence barbare, ils semblaient surgir de l'aube des temps, du plus primitif des âges. Ils étaient armés de grandes massues sculptées à pointes de fer et de lances ornées de crinières flamboyantes. Ils avaient la peau brune, le corps et le visage peints et la taille ceinte de pagnes éclatants ; des brassards et des jambières en bois protégeaient leurs membres. Leurs immenses yeux noirs jetaient de farouches lueurs d'outre-tombe et leurs voix s'unissaient dans un chant lugubre, une funèbre lamentation.

Ainsi étaient les Guerriers de l'Aurore.

Même les plus endurcis des Faucons ne purent retenir des hurlements de terreur lorsque parurent ces légions jaillies du néant. Shenegar Trott fit un pas en arrière.

— Je vous invite à déposer vos armes et à vous rendre, annonça Hawkmoon d'un ton menaçant.

Trott secoua la tête avec détermination.

— Jamais. Nous sommes encore les plus nombreux.

— Que la bataille commence, dit Hawkmoon en descendant les marches.

Shenegar tira son épée et tomba en garde. Hawkmoon abattit l'Epée de l'Aurore, mais Trott fit un bon de côté et riposta. Hawkmoon évita de justesse d'être transpercé au ventre. Vêtu de soie légère, il était désavantagé face à Trott bien protégé dans sa lourde armure d'argent.

Les Soldats de l'Aurore se ruèrent en bas des escaliers et leur chant funèbre se changea en un furieux mugissement. De tous côtés, ils abattaient lances et massues ; les féroces Faucons les rencontrèrent vaillamment et rendirent autant de coups terribles qu'ils en reçurent, mais virent bientôt, avec effroi et découragement que pour chaque Guerrier de l'Aurore tombé un autre surgissait du néant et combattait à sa place.

D'Averc, Orland Fank et le Guerrier d'Or et de Jais descendaient lentement les marches. Ensemble ils décrivaient de larges moulinets avec leurs lames, telles trois pendules d'acier qui maintenaient les Faucons en arrière.

Attaquant de nouveau, Shenegar Trott déchira la manche de Hawkmoon. L'arme magique retomba sur son masque, le cabossant de telle sorte que les traits en parurent plus grotesques encore.

Hawkmoon fit un bond en arrière, prêt à poursuivre le combat. C'est alors qu'il reçut un coup violent sur la nuque. Il se tourna et entrevit confusément le Faucon qui venait de l'atteindre avec le manche de sa hache ; il vacilla, tenta de résister, mais finit par s'écrouler. Avant de s'évanouir, il eut le temps de voir les Guerriers de l'Aurore se dissiper et repartir vers le néant. Il tenta désespérément de retrouver ses esprits ; les farouches légions ne pouvaient exister que s'il était en pleine possession de ses facultés conscientes.

Mais ce fut en vain. La dernière chose qu'il entendit, fut le ricanement de Shenegar Trott.

CHAPITRE XI

LA MORT D'UN FRÈRE

Hawkmoon perçut le lointain fracas de la bataille ; un brouillard noir et rouge voilait son regard. Il secoua sa torpeur, tenta de se relever mais quatre corps au moins pesaient sur lui, le maintenant au sol. Ses amis n'étaient pas restés inactifs...

Il se dégagea et vit que Shenegar Trott était près d'atteindre le Bâton Runique. Blessé de toutes parts, tailladé par une centaine de lames, le Guerrier d'Or et de Jais se dressait face au baron et retenait sa main. Mais Shenegar Trott leva son énorme massue et l'abattit sur le heaume du guerrier qui vacilla sous le choc.

Hawkmoon rassembla toutes ses forces pour hurler à s'en déchirer la voix :

— Légions de l'Aurore ! Je vous rappelle à moi ! Légions de l'Aurore !

Réapparaissant, les sauvages guerriers reprirent immédiatement le combat contre les Faucons qui poussaient des cris d'effroi et de surprise.

Hawkmoon ignorait si ses autres compagnons vivaient encore. Il commençait de gravir les marches pour se précipiter au secours du Guerrier d'Or et Jais, lorsque la pesante armure noire et or vint le heurter de plein fouet. Chancelant sous le poids, il arrêta la chute de son ami du mieux qu'il le pût, mais s'aperçut bientôt que le corps qu'il portait était déjà sans vie.

Pleurant cet homme qu'il avait jusqu'alors refusé de considérer comme un ami et curieux de voir le visage de celui qui depuis si longtemps influait sur son destin, il tenta de relever la visière, mais n'y parvint pas car elle avait été faussée par le coup si violent qu'avait assené le baron.

— Chevalier...

— Le guerrier est mort !

Shenegar jeta son masque au loin, puis approcha la main du Bâton Runique ; par-dessus son épaule, il lança un regard triomphant vers Hawkmoon.

« Vous aussi, Dorian Hawkmoon, d'ici quelques instants, vous serez mort ! »

Poussant un cri de rage, Hawkmoon repoussa le corps du Chevalier et, comme une flèche, gravit les marches. Surpris, Trott se détourna de l'objet de sa convoitise pour, de nouveau, brandir sa massue. Hawkmoon esquiva le coup, agrippa Trott et la lutte commença. Autour d'eux le carnage se poursuivait.

Il aperçut alors D'Averc, un peu plus loin,

dont la chemise n'était plus que lambeaux imbibés de sang et dont un des bras, blessé, pendait, flasque, à son côté ; il faisait face aux assauts de cinq féroces Faucons. Ailleurs, Orland Fank, vivant lui-aussi, faisait tournoyer sa lourde hache-d'armes, tandis que de sa bouche jaillissait un étrange cri au son aigu et continu.

Sous l'effort, Trott soufflait bruyamment, une haleine sifflante s'échappait de ses lèvres épaisses et Hawkmoon fut surpris de la vigueur de son étreinte.

— Vous allez mourir, Hawkmoon, et le Bâton Runique sera à moi !

Déployant une énergie forcenée les deux hommes luttaient au corps à corps.

— Le Bâton Runique ne vous appartiendra jamais. Nul être vivant au monde ne peut le posséder !

Hawkmoon donna soudain une violente secousse qui prit le comte au dépourvu, puis il le frappa en plein visage. Le comte poussa un hurlement et revint à la charge, mais Hawkmoon l'accueillit d'un coup de son pied botté dans la poitrine, l'envoyant ainsi buter contre l'estrade. C'est alors que Hawkmoon put saisir son épée et, lorsque Shenegar Trott revint de nouveau à la charge, il se rua directement sur la pointe de l'Epée de l'Aurore et mourut en proférant d'obcènes injures, jetant un dernier regard en arrière vers le Bâton Runique.

Hawkmoon dégagea son épée et eut enfin

loisir de voir qu'autour de lui les Légions de l'Aurore achevaient leur travail à grands coups de massues ; D'Averc et Orland Fank, exténués, étaient adossés à l'estrade.

Quelques massues à pointes ferrées s'abattirent sur des têtes et les derniers gémissements s'éteignirent. On n'entendait plus qu'un fredonnement doux et mélodieux et la respiration haletante des trois survivants.

Dès que le dernier Granbreton succomba, les Légions de l'Aurore retournèrent au néant.

Hawkmoon contemplait l'énorme cadavre de Shenegar Trott, un pli soucieux barrait son front lorsqu'il dit :

— Nous avons vaincu celui-ci et il ne nuira plus, mais d'autres vont suivre. Dnark n'est plus à l'abri du Ténébreux Empire.

Fank renifla et s'essuya le nez avec son avant-bras.

— La paix de Dnark dépend de vous, de même, pour sûr, que la paix du monde entier.

Hawkmoon eut un sourire plein d'une ironie amère.

— Et comment, d'après vous, vais-je réaliser un tel prodige ?

Fank allait parler lorsque ses yeux se posèrent sur le corps massif du Guerrier d'Or et de Jais.

— Frère ! souffla-t-il.

Il s'élança jusqu'au bas des marches, jeta sa hache-d'armes au loin et étreignit l'armure dans ses bras.

— Frère... ?

— Il est mort, dit Hawkmoon avec douceur, « par la main de Shenegar Trott, alors qu'il défendait le Bâton Runique. J'ai tué Trott mais...

Fank pleurait.

La Salle du Bâton Runique était jonchée de cadavres, les configurations qui dansaient toujours dans l'air semblaient avoir pris la couleur du sang et un parfum doux-amer flottait encore, mais ne masquait pas l'odeur de la mort.

Hawkmoon remit l'Epée de l'Aurore dans son fourreau.

— Et à présent, que faire ? dit-il. « Nous avons accompli la tâche pour laquelle nous fûmes appelés. Nous devions défendre le Bâton Runique et nous avons réussi. Rentrerons-nous en Europe ? »

Une voix s'éleva derrière lui ; la voix tranquille du jeune garçon, Jehamia Cohnahlias. Hawkmoon se retourna, l'enfant tenait le Bâton Runique dans une main.

— A présent Duc de Köln, vous devez prendre ce qui vous appartient de plein droit.

Ses yeux bridés brillaient de moquerie bienveillante.

« Vous devez ramener le Bâton Runique en Europe avec vous. C'est là que se jouera le destin de la terre. »

— En Europe ! Je croyais qu'on ne pouvait pas l'enlever à ce lieu.

— Nul homme ne le peut. A part vous qui fûtes élu par le Bâton Runique.

La silhouette de l'enfant s'étira vers Hawkmoon, et dans sa main était le Bâton Runique.

« Prenez-le. Protégez-le. Et qu'il vous protège. »

— Et que sera-t-il pour nous? s'enquit D'Averc.

— Il est votre étendard. Que nul n'ignore que vous portez le Bâton Runique — que vous servez sa cause. Dites-leur que ces événements furent provoqués par le Baron Méliadus qui osa préter serment sur le Bâton Runique. Et la fin verra la destruction totale de l'un ou l'autre des protagonistes. Portez cet étendard victorieux jusqu'en Granbretanne, si vous le pouvez ; ou bien, si vous échouez dans la lourde tâche qui vous incombe, mourez au combat. L'étendard du Bâton Runique flottera sur le champ de bataille où bientôt s'affronteront Méliadus et Hawkmoon une dernière fois !

Sans mot dire Hawkmoon accepta le bâton. Les figures lumineuses continuaient de crépiter, émanant de l'objet, pourtant lourd et glacé entre ses mains, comme mort.

— Dissimulez-le dans vos vêtements ou enveloppez-le dans une étoffe, conseilla l'enfant, « il restera ainsi à l'abri des regards jusqu'à ce que vous-même désiriez révéler les forces mystérieuses qui accompagnent le Bâton Runique ».

— Je vous remercie, dit simplement Hawkmoon.

— Les Grands Bienheureux vous aideront à retourner chez vous, ajouta le jeune garçon. « Adieu, Hawkmoon. »

— Adieu ? Et vous, qu'allez-vous devenir ?

— Je retourne là où est ma place.

Soudain, l'enfant se métamorphosa de nouveau en un flot de lumière dorée où se percevaient encore les lignes de sa silhouette et qui fut absorbé par le Bâton Runique. Hawkmoon sentit l'objet, à présent chaud et léger, prendre vie entre ses doigts.

Hawkmoon frissonnait un peu lorsqu'il rangea le Bâton Runique à l'intérieur de sa chemise.

Tandis qu'ils sortaient de la salle, D'Averc remarqua que Orland Fank pleurait encore silencieusement.

— Qu'est-ce qui vous fait souffrir, Fank ? Pleurez-vous toujours l'homme qui fut votre frère ?

— Oui. Mais je déplore surtout la perte de mon fils.

— Votre fils ? Que lui est-il arrivé ?

Orland Fank, d'un geste du pouce, désigna Hawkmoon qui les suivait, inattentif et plongé dans ses pensées.

— Il lui appartient maintenant.

— Que voulez-vous dire ?

Fank soupira.

— Cela doit être, je le sais. Mais toutefois je

suis un homme, ne puis-je pas pleurer ? Je parlais de Jehamia Cohnahlias. »

— L'enfant ? L'esprit du Bâton Runique ?

— Oui. C'était mon fils — ou moi-même — Je n'ai jamais tout à fait compris ces choses...

LIVRE SECOND

Chapitre I

SOMBRES RUMEURS DANS LES CHAMBRES SECRÈTES

Il est écrit : « Celui qui prête serment sur le Bâton Runique imprime à sa destinée un tournant irrévocable. Que le sort lui soit contraire ou favorable, il devra subir la loi inflexible qu'il aura lui-même contribué à forger. » Or le baron Méliadus de Kroiden avait prêté un tel serment. Il avait juré qu'il tirerait vengeance du Château Airain et que Yisselda, la fille du comte Airain serait à lui. En ce jour, son destin était à jamais engagé, et il avait entraîné dans le tourbillon infernal Dorian Hawkmoon qui avait vécu d'étranges et douloureuses aventures. Mais le dénouement était proche.

Haute Histoire du Bâton Runique

La véranda dominait la Tames, fleuve aux reflets de sang, dont les flots paresseux traversaient le cœur de Londra, s'écoulaient lentement aux pieds des tours sombres et torturées.

De temps à autres un ornithoptère les survolait en cliquetant, tel un grand oiseau de métal éblouissant, tandis que, sur le fleuve, passaient des chalands de bronze et d'ébène regorgeant de richesses pillées de par le monde, pleins d'hommes, de femmes et d'enfants enlevés aux régions soumises et réduits en esclavage. Un auvent de velours pourpre agrémenté de glands en soie écarlate dérobait les occupants de la véranda à la vue des étages supérieurs. La lourde étoffe répandait également une ombre épaisse où venaient se fondre les silhouettes, de sorte que même depuis le fleuve, il était impossible de rien distinguer.

Une table d'airain, deux chaises dorées et tapissées de peluche bleue composaient le mobilier. Sur la table on avait déposé un plateau en or avec une carafe à vin et deux timbales couleur d'émeraude. De part et d'autre de la porte menant à la véranda se tenaient deux filles nues dont le visage, les seins et le sexe étaient maquillés de rouge profond. Elles étaient les captives du baron Méliadus de Kroiden et tout familier de la cour de Londra les aurait immédiatement reconnues pour telles, car les esclaves du baron étaient toujours des femmes dont, ainsi qu'il l'exigeait, ce fard rouge constituait la seule livrée. L'une des jeunes filles dont le regard fixe se perdait dans le lointain, du côté du fleuve, était blonde et presque certainement originaire de Köln, une des possessions du baron, conquise par le feu et le sang. L'autre avait le teint sombre et venait sans doute de quelque ville du Moyen-Orient écrasée par le baron également, passée au fil de l'épée et tombée sous son autorité impitoyable.

Une femme portant un masque de héron en fils d'argent délicatement tissé et entièrement vêtue de brocart somptueux occupait l'un des sièges bleu et or. L'homme qui lui faisait face arborait un épais vêtement de cuir noir et un masque de loup noir et féroce. Une petite ouverture était ménagée dans son masque où il introduisait une paille d'or pour goûter au vin qu'on lui avait servi.

Les deux personnages étaient silencieux, des chalands passaient en faisant clapoter l'eau contre les murs ; dans une tour lointaine quelqu'un riait à gorge déployée, un ornithoptère battait lentement des ailes avec un bruit de métal froissé avant de se poser sur la plus haute plateforme d'une tour.

L'homme masqué prit enfin la parole, à voix basse et d'un ton grave. La femme au masque de héron demeura immobile et impassible ; elle contemplait toujours le fleuve aux reflets de sang dont la couleur étrange était attribuée aux affluents de la ville qui venaient s'y jeter.

— On vous soupçonne un peu, savez-vous, Flana. Le roi Huon pense que vous n'êtes pas pour rien dans cette soudaine crise de démence qui s'est emparée des gardes la nuit de la disparition des émissaires d'Asiacommunista. Je prends sans doute des risques considérables en venant vous voir ainsi. Mais peu importe, je me préoccupe avant tout de notre patrie bien-aimée, de la gloire de la Granbretanne.

Attendant une réponse, l'homme se tut, mais son interlocutrice ne dit pas mot.

— Flana, il est clair que la situation de la Cour actuellement n'est pas favorable à l'expansion de l'Empire. Certes je suis un vrai Granbreton et de ce fait j'apprécie l'extravagance, néanmoins il faut savoir faire la distinction entre extravagance et sénilité. Vous voyez ce que je veux dire ?

Flana Mikosevaar ne broncha pas.

— Je voulais suggérer, poursuivit-il, que nous avions besoin d'un nouveau souverain — d'une impératrice. Il n'existe qu'une personne qui appartienne à la lignée du roi Huon — une seule que tous accepteront de voir lui succéder sur le trône du Ténébreux Empire.

De nouveau, le silence.

L'homme au masque de loup se pencha.

— Flana ?

Le fin héron d'argent se tourna vers la figure aux babines retroussées.

— Flana — vous pourriez être reine-impératrice de Granbretanne et je serais votre régent, nous ferions de notre pays une nation, un empire invulnérable, nous pourrions étendre sa gloire plus loin encore — nous approprier le monde entier !

— Et alors, une fois que le monde entier nous appartiendra, qu'en ferons-nous ?

C'étaient les premières paroles que Flana Mikosevaar prononçait.

— Ce que bon nous semblera, Flana ! Pour notre plaisir et comme nous le jugerons nécessaire !

— Ne peut-on pas un jour se lasser du meurtre et du pillage ? De la souffrance et de la destruction ?

Méliadus semblait perplexe.

— Bien sûr. On peut se fatiguer de n'importe quoi. Mais il y a autre chose — il y a les expériences de Kalan, et celles de Taragorm. Si nous mettons les ressources du monde entier à leur disposition, tout sera possible à nos savants. Ils pourront construire des vaisseaux capables de nous transporter à travers l'espace, des vaisseaux identiques à ceux des anciens, à celui dont la légende raconte qu'il apporta le Bâton Runique sur notre globe ! Alors nous pourrons voyager vers d'autres mondes et les conquérir — nous mesurer à l'univers tout entier avec notre génie et nos techniques ! L'aventure de la Granbretanne pourra alors s'étendre sur des millions d'années !

— Notre satisfaction se limite-t-elle à l'aventure et aux sensations fortes Méliadus ?

— Mais bien sûr — Pourquoi Pas ? Tout

n'est-il pas chaos ? Je ne vois aucune signification à notre existence. Nous n'avons qu'une satisfaction dans la vie, c'est la découverte de toutes les sensations accessibles à l'esprit et au corps humains. Et pour parvenir à cela, il nous faudra bien un million d'années.

— Tel est notre idéal c'est vrai, acquiesça Flana dans un soupir. « Je ne peux donc qu'approuver vos projets, Méliadus, et de toutes façons le rôle que vous m'y attribuez ne sera ni plus ni moins ennuyeux que quoi que ce soit d'autre. »

Elle haussa les épaules.

« Fort bien, je serai votre reine dès que nécessaire — et si Huon a vent de notre trahison, peu importe, la mort sera un soulagement. »

Légèrement décontenancé par ce discours inattendu, Méliadus se leva.

— Vous garderez le secret, Flana ?

— Muette comme la tombe.

— Parfait. Maintenant je dois aller voir Kalan. Mon plan l'intéresse car notre succès lui ouvrirait des horizons inespérés pour la réalisation de ses expériences. Taragorm me soutient également...

— Vous avez confiance en lui ? Votre rivalité est de notoriété publique.

— C'est vrai — Je déteste Taragorm, et il me le rend bien, mais notre haine a perdu de sa virulence aujourd'hui. Vous vous souvenez que notre rivalité datait de son mariage avec ma sœur. J'étais désappointé car j'avais alors déjà formé le projet d'épouser ma sœur moi-même. Mais elle s'est compromise récemment — avec un véritable imbécile, paraît-il — et Taragorm l'a appris. Après quoi, lors d'une soirée un peu particulière, elle a incité ses propres esclaves à les assassiner elle et son imbécile d'amant. Vous avez dû entendre parler de cette histoire étrange. A la suite de cet événement Taragorm et moi-même avons égorgé ensemble les esclaves meurtriers et nous avons retrouvé là un peu de notre vieille complicité. On peut avoir confiance en mon beau-frère. Il comprend à quel point la politique timorée de Huon entrave la progression de ses recherches.

Le son de leurs voix ne s'était jamais élevé au-delà d'un murmure, inaudible même de la porte, pourtant toute proche, où se tenaient les esclaves.

Méliadus s'inclina devant Flana et fit claquer ses doigts. Les esclaves s'empressèrent de préparer sa litière dans laquelle elles le transportèrent à travers les corridors jusqu'à ses propres appartements.

Le regard toujours fixé sur le fleuve, Flana pensait à peine au plan de Méliadus. Elle songeait au séduisant D'Averc et au jour prochain où ils se retrouveraient peut-être. D'Averc l'emmènerait loin de Londra et de toutes ces intrigues — ils iraient sans doute cacher leur amour en France où autrefois il possédait des terres verdoyantes, que, si elle devenait reine, elle pourrait lui restituer.

Elle commençait à percevoir un avantage à devenir reine-impératrice. Elle pourrait ainsi choisir son époux et cet époux serait D'Averc, elle pourrait lui pardonner ses crimes contre la Granbretanne, de même que gracier ses compagnons, Hawkmoon et les autres.

Mais Méliadus, s'il acceptait à la rigueur de gracier D'Averc, resterait sans aucun doute inflexible pour les autres.

Elle vit soudain les aspects négatifs de ce plan et poussa un soupir. Qu'importait après tout, elle ne savait même pas si D'Averc était encore en vie. En attendant, bien qu'elle soupçonnât les conséquences effroyables d'un échec et le côté présomptueux de cette entreprise, elle ne voyait aucune raison de ne pas s'associer d'une façon passive à la trahison de Méliadus. De fait, ce dernier devait être vraiment désespéré pour oser imaginer pouvoir jamais détrôner son souverain héréditaire. Durant les deux mille années de son règne l'idée de renverser Huon n'avait jamais effleuré un seul Granbreton. Flana ignorait même si cela était possible.

Elle frissonna. Si un jour elle devait régner, elle ne choisirait pas l'immortalité — surtout si cela la condamnait à ressembler à cette chose flétrie et répugnante qu'était le roi Huon.

Chapitre II

LA MACHINE DE VÉRITÉ

Kalan de Vitall passait et repassait sur son masque de serpent de vieilles mains pâles et sillonnées d'une multitude de veines saillantes qui ondulaient sous sa peau transparente comme autant de serpents bleuâtres. Le grand laboratoire, immense et bas de plafond, s'étendait à perte de vue ; un grand nombre d'hommes en uniforme et portant le masque de l'Ordre du Serpent dont Kalan était grand connétable, s'y activaient à diverses expériences. D'étranges machines crachaient des bruits et vomissaient des odeurs encore plus étranges, des éclairs lumineux de toutes les couleurs jaillissaient et crépitaient partout, envahissant la salle, sorte d'atelier infernal et peuplé de démons. Des hommes et des femmes d'âges variables étaient attachés à des machines ou emprisonnés à l'intérieur d'autres engins et les savants se livraient ainsi à différentes expériences sur le corps et l'esprit humains. La plupart avaient été d'une manière ou d'une autre réduits au silence. Mais quelques-uns hurlaient, gémissaient ou pleuraient avec des voix distordues par la souffrance et la terreur, à la plus grande exaspération des savants qui finissaient par leur enfoncer des chiffons dans la bouche, leur trancher les cordes vocales ou employer diverses méthodes expéditives pour pouvoir œuvrer en paix.

Kalan posa une main sur l'épaule de Méliadus en lui montrant une machine qui attendait non loin de là.

— Vous souvenez-vous de la Machine de Vérité ? Celle dont nous nous sommes servis pour explorer l'esprit de Hawkmoon ?

— En effet, grommela Méliadus. « Celle qui vous fit croire qu'on pouvait se fier à Hawkmoon. »

— Nos estimations ne pouvaient anticiper certains facteurs totalement imprévus, répliqua Kalan pour se justifier. « Mais ce n'est pas pour cela que je vous ai conduit à cette machine. On m'a demandé de m'en servir, ce matin.

— Qui ?

— Le roi-empereur en personne. Il m'a fait appeler à la salle du trône et m'a dit qu'il souhaitait qu'un membre de la cour en subisse l'épreuve.

— Lequel ?

— Ne vous en doutez-vous pas, Messire ?

— Moi ?

Profondément offensé, Méliadus avait la voix tremblante de rage.

— Exactement. J'ai l'impression qu'il doute de votre loyauté, Baron...

— Jusqu'à quel point, d'après vous ?

— Pas très gravement. A mon avis, Huon pense que vous vous laissez trop absorber par vos projets personnels et du même coup négligez ses propres projets. Je crois qu'il veut simplement savoir jusqu'où va votre fidélité à son égard et si vous avez renoncé à vos ambitions personnelles avant...

— Avez-vous l'intention d'obéir à ses ordres, Kalan ?

Kalan haussa les épaules.

— Insinuez-vous que je doive les ignorer ?

— Non — mais comment allons-nous faire ?

— Je vais être obligé de vous faire subir l'épreuve de la Machine de Vérité bien sûr, mais je pense pouvoir obtenir des résultats qui vous conviendront.

Kalan pouffa, petit rire au son creux et informe sous son masque.

« Pouvons-nous commencer, Méliadus ? »

Méliadus s'approcha à contrecœur, regardant avec anxiété la machine dont le métal rouge et bleu brillait doucement ; pour des raisons qui lui restaient inconnues et mystérieuses ses formes se projetaient de tous côtés, des bras pesants et de lourds accessoires y étaient fixés. La pièce principale se composait d'une cloche immense qui surplombait le reste de la machine, suspendue à un échafaudage de structure incroyablement complexe.

Kalan tourna un bouton et leva les bras au ciel.

— Autrefois cet engin était isolé dans une salle à part, mais nous manquons d'espace ces temps-ci. C'est un de mes principaux griefs. On exige beaucoup de nous, mais ne nous accorde que peu de moyens.

La machine commença de vibrer, comme si un gigantesque animal s'était mis à respirer. Méliadus recula d'un pas. Kalan pouffa de nouveau et d'un geste appela ses serviteurs masqués qui devaient l'aider à manipuler l'engin.

— Voudriez-vous vous placer sous la cloche, Méliadus, nous allons l'abaisser, proposa Kalan.

Méfiant, d'un pas lent, Méliadus prit place sous la cloche qui descendit jusqu'à le recouvrir entièrement. Les parois à consistance de chair frémirent, ondulèrent, l'enveloppèrent, et son corps finit par s'y trouver comme dans un moule. Puis des filaments brûlants semblèrent s'insinuer dans son crâne comme pour explorer son cerveau. Il essaya de hurler mais sa voix était étouffée. Il fut alors assailli d'hallucinations — des visions et des souvenirs de sa vie passée — des batailles et des carnages surtout et le visage haï de Dorian Hawkmoon qui dansait devant ses yeux sous mille formes terrifiantes, celui, merveilleux et plein de douceur de la femme qu'il désirait le plus au monde, Yisselda, la fille du comte Airain. Petit à petit sa vie tout entière vint se reconstruire devant lui. En une cohorte interminable défilaient ses rêves et ses pensées — pas une ne lui fut épargnée — et, par ordre d'importance venaient reconstituer l'édifice de son existence. Dominant le tout, sans cesse, tel un refrain, réapparaissaient son désir de Yisselda, sa haine de Hawkmoon et ses projets de conspiration contre le roi.

Enfin la cloche se releva et Méliadus se retrouva face au masque de Kalan. Pour quelque raison inconnue il se sentait l'esprit libéré et étonnamment clair.

— Eh bien, Kalan, qu'avez-vous découvert ?

— A ce stade, rien que je ne sache déjà. Une relation complète et détaillée nous parviendra dans une heure ou deux.

Il pouffa de rire.

« L'empereur s'en serait fort diverti. »

— Oui. Il n'en aura pas l'occasion, j'espère.

— Je suis obligé de lui présenter mes conclusions, Méliadus. Mais celles-ci établiront que votre haine pour Hawkmoon s'est apaisée et que votre amour pour l'empereur reste profond et indestructible. Ne nous dit-on pas que l'amour et la haine sont indissociables. Il suffira donc d'un simple petit coup de pouce de ma part pour que votre haine pour Huon se métamorphose en un amour fidèle.

— Parfait. A présent, il nous faut reparler de notre projet. Premièrement, nous devons ramener le Château Airain dans cette dimension, ou trouver un moyen de l'atteindre nous-mêmes. Ensuite nous devons parvenir à régénérer le Joyau Noir, de manière à ce que Hawkmoon retombe en notre pouvoir. Et enfin, il importe de découvrir et concevoir des armes et des techniques capables de vaincre les forces du roi Huon.

— Bien sûr. Il y a déjà les nouveaux engins que j'ai inventés pour les vaisseaux... acquiesça Kalan.

— Les vaisseaux à bord desquels Trott et ses légions sont partis ?

— Oui. Ils ont été ainsi propulsés à des distances et des vitesses jamais atteintes à ce jour. Aucun autre vaisseau n'en a encore été équipé. Trott ne devrait plus tarder à revenir maintenant.

— Où a-t-il été envoyé ?

— Je ne sais pas. Nul ne le sait, à part le roi Huon. Très loin, sans aucun doute, à des milliers de lieues. En Asiacommunista peut-être.

— C'est très probable, en effet, approuva Méliadus. « Mais oublions Trott et penchons-nous sur les détails de notre plan. Taragorm travaille également à une invention qui devrait nous permettre de rejoindre le Château Airain. »

— Peut-être vaudrait-il mieux que Taragorm concentre tous ses efforts dans cette direction, puisque c'est sa spécialité, tandis que moi-même je tâcherai de trouver un moyen de régénérer le Joyau Noir., proposa Kalan.

— En effet, murmura Méliadus. Je dois d'abord consulter mon beau-frère. Je vais y aller dès à présent, mais ne tarderai pas à revenir.

Méliadus appela ses esclaves qui accoururent avec sa litière. Il s'y installa, salua Kalan de la main et ordonna qu'on le transportât jusqu'au Palais du Temps.

Chapitre III

TARAGORM

Le palais de Taragorm se profilait tel une gigantesque horloge, Les pendules et les balanciers tournaient sans cesse et emplissaient l'air d'un fracas de cliquetis, de sifflements et de vrombissements. Taragorm, arborant son masque, une énorme horloge conçue pour donner l'heure aussi précisément que toutes celles qui peuplaient le palais, prit le bras de Méliadus pour le guider dans la Grande Salle du Pendule. Les cinquante tonnes d'acier du monstrueux pendule, un immense soleil flamboyant et richement décoré, déchiraient l'air d'un bout à l'autre de la salle, passaient et repassaient en sifflant juste au-dessus de la tête de Méliadus.

— Eh bien, frère, cria Méliadus pour se faire entendre malgré le bruit assourdissant, « vous m'avez envoyé un message m'annonçant une bonne nouvelle, mais le message n'en disait pas plus et j'ai hâte de savoir pourquoi vous vouliez me voir. »

— Oui, mais venez, je préfère que nous soyons seuls.

A travers un étroit passage, Taragorm conduisit Méliadus dans une petite pièce ornée d'une seule horloge très ancienne. Taragorm ferma la porte et le vacarme cessa. Il fit un geste pour désigner l'horloge.

— C'est ce que l'on appelait autrefois une horloge de parquet, la plus ancienne au monde sans doute. Elle fut fabriquée par Thomas Tompion.

— Son nom m'est inconnu.

— Un artisan de génie, le plus grand de son époque, il vécut bien avant le début du Tragique Millénaire.

— Vraiment ? Et cela a-t-il quelque chose à voir avec votre message ?

— Non, bien sûr.

Taragorm claqua dans ses mains et une porte s'ouvrit. Un personnage maigre et déguenillé entra, le visage couvert d'un masque en mauvais cuir tout craquelé. Il s'inclina profondément devant Méliadus.

— Qui est cette personne ?

— Elvereza Tozer. Vous souvenez-vous de son nom ?

— Bien sûr ! L'homme qui subtilisa l'anneau de Mygan et puis disparut !

— C'est cela. Racontez à mon frère, le baron Méliadus, où vous êtes allé, Maître Tozer...

Tozer s'inclina de nouveau, puis s'assit sur le bord de la table en prenant un air avantageux.

— Eh bien, je reviens du château Airain, Messire !

Méliadus bondit à travers la pièce et saisit Tozer interloqué par le col de sa chemise.

— Vous venez d'où ? gronda-t-il.

— Du Ch-château Ai-airain, Noble Seigneur...

Méliadus secoua Tozer et le souleva à quelques centimètres au-dessus du sol.

— Comment ?

— J'y arrivai par hasard — fus capturé par Hawkmoon de Köln — on me garda prisonnier — Je réussis à reprendre l'anneau — et — et revint... Tozer suffoquait de frayeur.

— Le plus intéressant ce sont les informations qu'il ramène, interrompit Taragorm. « Racontez-lui, Tozer. »

— La machine qui les protège en les maintenant dans cette autre dimension — se trouve dans le donjon — bien à l'abri. C'est un objet de cristal qu'ils ramenèrent d'un lieu appelé Soryandum et qui leur a permis de disparaître dans les limbes, tout cela est la vérité, Messire...

Taragorm jubilait.

— C'est vrai, Méliadus. Je l'ai mis à l'épreuve une douzaine de fois au moins. J'avais entendu parler de cette machine de cristal mais ignorais qu'elle existait encore. Et Tozer m'a donné d'autres informations grâce auxquelles j'espère parvenir à des résultats positifs.

— Vous pensez pouvoir nous permettre d'atteindre le Château Airain ?

— Mieux que cela, frère. Je suis presque sûr de ramener d'ici très peu de temps le Château Airain parmi nous.

Méliadus resta silencieux quelques instants, il regardait Taragorm, puis explosa d'un rire triomphant, en comparaison duquel le vacarme des horloges ne semblait plus qu'un léger murmure.

— Enfin ! Enfin ! Mon heure est enfin venue ! Merci, Frère ! Merci, Maître Tozer !

Chapitre IV

LA MISSION DE MÉLIADUS

Le lendemain Méliadus fut appelé devant le roi Huon.

Sur le chemin du palais impérial, il se perdait en conjectures et se sentait anxieux. Kalan l'avait-il trahi ? Le savant avait-il montré au roi les véritables résultats de l'épreuve subie la veille ? Peut-être Huon avait-il deviné la supercherie ? Après tout, le monarque immortel avait sans doute su mieux que quiconque au monde aiguiser son intelligence au cours des deux mille ans de sa longue existence. Peut-être le rapport falsifié par Kalan était-il trop maladroit pour tromper la méfiance du roi Huon ? La panique commençait à l'envahir. Marchait-il vers sa fin ? Huon donnerait-il ordre aux gardes de la Mante de l'exécuter dès son arrivée dans la salle du trône ?

Les battants du haut portail s'écartèrent et il se trouva face aux guerriers de l'Ordre de la Mante. Au fond de la salle la Sphère Impériale semblait attendre, noire ct mystérieuse.

Méliadus s'avança vers elle.

Il l'atteignit enfin et se prosterna, mais la sphère demeurait sombre et opaque. Huon se moquait-il de lui ?

Après un long moment le noir vira au bleu foncé, puis la sphère devint verte, puis rose, et finalement d'un blanc laiteux où se lovait la silhouette de foetus dont le regard perçant et malveillant fixait Méliadus.

— Baron…

— Noble Monarque.

— Nous sommes satisfait de vous.

Méliadus leva des yeux étonnés.

— Puissant Souverain ?

— Nous sommes satisfait de vous et désirons vous confier une mission qui vous comblera d'honneur.

— Noble Prince ?

— Vous avez entendu parler bien sûr du départ de Shenegar Trott.

— En effet, Puissant Monarque.

— Et vous savez où il est parti.

— Non, Empereur de l'Univers, je l'ignore.

— Sa destination était l'Amarehk. Il avait pour mission de ramener le maximum d'informations à propos de ce continent et de voir si une tentative d'invasion de notre part y rencontrerait des obstacles.

— Il semble que lui-même en ait rencontrés, Roi Immortel.

— Vous avez vu juste. Il devait être de retour

depuis plus d'une semaine. Nous sommes inquiet.

— Pensez-vous qu'il soit mort, Noble Monarque ?

— C'est ce que nous aimerions savoir, et, si tel était le cas, savoir qui l'a tué. Baron Méliadus, nous souhaitons vous confier cette seconde mission.

Méliadus crut d'abord s'étrangler de fureur. Lui, Méliadus partir en second derrière ce gros bouffon de Trott ! Et perdre son temps à courir après sa dépouille le long des côtes d'un continent chimérique ! Il n'en était même pas question ! Si cet être sénile là-haut dans son globe n'avait pu le réduire à néant d'un seul geste, Méliadus n'eût pas attendu une seconde de plus pour investir la salle du trône. Il ravala sa colère tandis qu'un nouveau plan de conspiration germait dans son esprit.

— Je suis honoré, Prince Universel ! prononça-t-il en feignant l'humilité. Puis-je choisir mon équipage ?

— Si vous le désirez.

— Dans ce cas je prendrai des hommes en qui j'ai une absolue confiance. Des Membres de l'Ordre du Loup et de l'Ordre du Vautour.

— Mais ces derniers ne sont pas des marins.

— Il y a des marins parmi les Vautours, Grand Roi-Empereur, ce sont ces hommes que je choisirai.

— Comme vous voudrez, Baron Méliadus, comme vous voudrez.

Surpris d'apprendre que Trott était parti en Amarekh, Méliadus n'en débordait pas moins de rancœur. Huon avait préféré donner sa confiance à Trott dans un domaine qui habituellement était le sien. Il considérait que ce genre de mission lui revenait de droit, à lui, Méliadus. Un autre compte à régler, pensa-t-il. Il se félicitait d'avoir su attendre son moment, en obéissant — ou feignant d'obéir — aux ordres du roi Huon. Sa chance lui avait été offerte par la personne même qu'il considérait maintenant comme son pire ennemi après Hawkmoon.

Méliadus fit semblant de réfléchir pendant quelques instants.

— Si vous croyez que les Vautours ne sont pas sûrs, Prince de Tous Lieux et de Tous Temps, dans ce cas je vous propose d'emmener leur chef avec... ?

— Leur chef ? Asrovak Mikosevaar est mort — tué par Hawkmoon !

— Mais sa veuve a hérité de son titre de Grand Connétable...

— Flana ! Une femme !

— Oui, Puissant Souverain, elle a tout pouvoir sur eux.

— Je ne pensais pas que la comtesse de Kanbury, pût avoir le moindre pouvoir sur le plus insignifiant des lapins. Elle semble si rêveuse. Mais si vous le désirez, Messire, qu'il en soit ainsi.

Pendant une heure encore ils s'entretinrent des détails de la mission et le roi lui fournit toutes les précisions nécessaires concernant l'expédition de Trott.

Puis Méliadus partit. Une lueur de triomphe brillait dans ses yeux que dissimulait le masque de loup.

CHAPITRE V

LA FLOTTE DANS LE PORT DE DEAU-VERE

La petite flotte était à l'ancre dans les eaux grises du port de Deau-Vere, rassemblée le long des quais en pierre écarlate, au pied des nombreuses tourelles qui hérissaient la ville. Les larges toits des édifices supportaient des milliers d'ornithoptères aux ailes repliées, savamment ouvragés en forme d'oiseaux et d'animaux mythiques ; les pilotes arborant les masques de corbeaux et de hiboux, déambulaient dans les rues, mêlés aux marins avec leurs masques de poissons et de serpents de mer, aux guerriers de l'infanterie et de la cavalerie — cochons, têtes de mort, chiens, chèvres et taureaux. Ces derniers s'apprêtaient à traverser la Manche, non par bateau, mais en empruntant le fameux Pont d'Argent dont l'immense courbe s'élançait de l'autre côté de la ville pour disparaître à l'horizon, loin au-dessus des flots, arc étincelant et délicat, reliant le continent à la Granbretanne et sans cesse animé d'une intense circulation.

Dans les bâtiments de guerre s'entassaient des

soldats portant les heaumes des Ordres du Loup et du Vautour, armés jusqu'aux dents d'épées, poignards, arcs, carquois et lance-flammes. Les bannières des Grands Connétables de l'Ordre du Loup et de l'Ordre du Vautour claquaient à la proue du vaisseau amiral. Autrefois simple légion, les Vautours avaient été élevés à la dignité d'Ordre du Vautour par le roi Huon en récompense des services rendus lors de la conquête de l'Europe et en hommage à leur chef tombé au combat, le sanglant Asrovaak Mikosevaar.

Nulle voile n'équipait ces navires étonnants qui, en revanche, étaient munis à l'arrière d'immenses roues à palettes et se profilaient en lignes tourmentées, sculptées dans le bois et forgées dans le métal. Des panneaux peints à traits torturés, retraçant quelque grande victoire navale ornaient les flancs des bâtiments, tandis que des figures de proue à teintes d'or en dominaient l'étrave. Ainsi les accompagnaient tous les dieux ancestraux et terrifiants de la Granbretanne. Ils avaient pour noms Jhone, Jhorge, Phowl, Rhungo qui, d'après la légende, régnaient avant le Tragique Millénaire ; Chirshill, le Dieu Hurleur, Bjrin Adass, le Dieu Pleurant, Jeajee Bald, le Dieu Grogneur et Aral Vilsn, Dieu Rugissant, le Dieu Suprême, père de Skvese et Blansacredid les dieux du Chaos et de la Destruction.

Aral Vilsn était à la proue du vaisseau-amiral

sur le pont duquel, auprès de la comtesse Flana Mikosevaar, se dressait la sombre silhouette du baron Méliadus. En contrebas, les capitaines des autres navires s'étaient regroupés et, tandis qu'il s'éclaircissait la voix, levaient sur lui des regards interrogateurs.

— Vous vous demandez sans doute pour quelle destination nous devons mettre le cap — et, également, quelle est la nature de ces navires étranges. Les navires n'ont rien de mystérieux. Ils sont équipés d'engins identiques — mais beaucoup plus puissants — à ceux qui propulsent nos ornithoptères et sont une invention du baron Kalan de Vitall, ce génie de la Granbretanne. Grâce à ces engins nous filerons à travers les océans à des vitesses jamais égalées jusqu'à présent. Notre destination est secrète, je vous en parlerai en privé. Ce vaisseau porte le nom d'Aral Vilsn, dieu suprême de l'ancienne Granbretanne, qui fit de cette nation ce qu'elle est aujourd'hui. Les autres vaisseaux sont le Skvese et le Blansacredid, mots qui autrefois signifiaient Destruction et Chaos. Mais ils désignent aussi des divinités, les fils d'Aral Vilsn, et symbolisent la gloire de la Granbretanne, gloire sombre et ancestrale, gloire terrible, sanglante et ténébreuse, celle de notre pays conquérant. Gloire dont vous êtes fiers, j'en suis persuadé.

Méliadus marqua une pause.

« Aimeriez-vous la voir se ternir, Messieurs ? »

Les hommes rugissaient.

— Non ! Non ! Par le grand Aral Vilsn, par Skvese et Blansacredid — Non ! Non !

— Feriez-vous tout ce qui est en votre pouvoir pour maintenir la capricieuse Granbretanne sur son noir piédestal de puissance ?

— OUI ! OUI ! OUI !

— Et vous joindriez-vous à moi dans une aventure aussi insensée que toutes celles que vécurent Aral Vilsn et ses pairs ?

— OUI ! Expliquez-nous de quoi il s'agit ! Dites-nous !

— Vous ne vous y déroberez pas ? Vous me suivrez jusqu'au bout ?

— OUI ! crièrent plus d'une vingtaine de voix.

— Dans ce cas, suivez-moi dans ma cabine et je vous donnerai toutes les précisions. Mais soyez prévenus qu'une fois franchi le seuil de ma cabine vous serez tenus de me suivre où que ce soit. Quiconque se dédira n'en ressortira pas vivant.

Alors Méliadus descendit du pont et se dirigea vers sa cabine. Tous les capitaines présents lui emboitèrent le pas ; tous devaient en ressortirent convaincus et vivants.

Dans sa cabine où une faible lampe dispensait une lumière blafarde, Méliadus leur fit face. La table était couverte de cartes sur lesquelles il dédaigna de se pencher. Il prit la parole d'une voix basse et vibrante.

— Ne perdons pas de temps, Messieurs, je vais immédiatement vous expliquer de quoi il s'agit. Nous sommes engagés dans une conspiration... Il s'éclaircit la voix, « contre notre souverain héréditaire, Huon, le roi-empereur ».

Des exclamations de surprise parcoururent l'assistance ; les Loups et les Vautours regardaient Méliadus avec une vive attention.

— Le roi Huon est dément, ajouta Méliadus rapidement. C'est l'amour de notre nation qui me guide, non pas mon ambition personnelle. Huon est fou — loin de s'enrichir, son esprit s'est au contraire embrumé au long de ses deux mille années d'existence. Il cherche à nous donner une expansion trop rapide. Cette expédition, par exemple, devait nous mener en Amarekh où nous étions chargés d'examiner les possibilités de conquête, alors que notre position au Moyen-Orient s'affermit à peine et que certaines régions de Moskovia ne sont pas encore soumises.

— Et vous gouverneriez à la place de Huon, n'est-il pas vrai, Baron ? suggéra un Vautour d'un ton persifleur.

Méliadus secoua la tête.

— Pas du tout. Flana Mikosevaar sera votre reine. Les Vautours et les Loups éclipseront les Mantes autour du trône royal. Vous serez des Ordres suprêmes...

— Mais les Vautours sont un Ordre mercenaire, fit remarquer un Loup.

D'un geste Méliadus rejeta l'objection.

— Ils ont su faire la preuve de leur fidélité à la Granbretanne. Et l'on pourrait soutenir que nombre de nos propres Ordres sont moribonds. Un apport de sang neuf ne sera pas inutile à la vitalité du Ténébreux Empire.

— Ainsi Flana serait reine-impératrice — et vous, Baron ? demanda un autre Vautour pensivement.

— Régent et Consort. J'épouserai Flana et l'aiderai au gouvernement.

— A part le titre, vous n'en seriez pas moins roi-empereur, répliqua le même Vautour.

— J'aurai un pouvoir important, c'est vrai. Mais Flana est de sang royal, pas moi. De par sa lignée elle a droit au titre de reine-impératrice. Je serai simplement Seigneur de la Guerre Suprême tandis que lui reviendront toutes les autres affaires de l'Etat. Je ne suis qu'un guerrier, Messires, et je désire seulement intervenir sur la manière dont nos guerres sont menées.

Les capitaines semblaient satisfaits.

Méliadus poursuivit :

— Donc à la marée haute de demain matin, au lieu de mettre le cap sur l'Amarekh, nous contournerons la côte, attendrons le moment propice pour passer l'estuaire de la Tames et remonterons jusqu'à Londra. Nous arriverons en plein cœur de la ville avant que quiconque ne se doute de notre projet.

— Mais Huon est bien protégé, son palais impossible à prendre d'assaut et la ville pleine de légions qui lui resteront fidèles, dit un autre Loup.

— Nous ne manquerons pas d'alliés dans la ville. De nombreuses légions nous soutiendront. Taragorm est avec nous et, depuis la mort de son cousin, il commande à plusieurs milliers de guerriers. L'Ordre du Furet est d'une importance assez réduite, certes, mais il compte quantité de légions à Londra, tandis que les autres se trouvent en Europe. Tous les nobles susceptibles de loyauté à l'égard de Huon guerroient à l'étranger. C'est maintenant qu'il faut attaquer. Le baron Kalan est également avec nous. Il nous offre des armes nouvelles que ses Serpents pourront manier. Si nous parvenons à remporter rapidement la victoire, il est vraisemblable qu'alors de nombreuses légions nous rejoindrons, car une fois Flana sur le trône, peu montreront un attachement démesuré pour le roi Huon.

— Je me sens dévoué au roi Huon... avoua un Loup, c'est un sentiment profondément enraciné en nous.

— Oui, mais il y a aussi le dévouement à l'esprit d'Aral Vilsn — à tout ce pourquoi la Granbretanne existe. Ce dévouement-là n'est-il pas encore plus profondément enraciné en nous ?

Le capitaine réfléchit un moment avant d'admettre.

— Vous avez raison. Peut-être qu'avec un nouveau monarque sur le trône, notre puissance atteindra son apogée.

— Oui ! Cela ne fait aucun doute ! affirma le baron dont le regard farouche luisait derrière son masque aux babines retroussées.

CHAPITRE VI

DE RETOUR AU CHÂTEAU AIRAIN

Dans la grande salle du Château Airain, Yisselda Hawkmoon, fille du comte Airain, pleurait, pleurait sans cesse.

Elle pleurait de joie en regardant d'un air incrédule cet homme souriant devant elle — son époux à qui elle vouait une passion brûlante — et n'osait l'approcher de peur de découvrir quelque fantôme immatériel. Les yeux brillants, Hawkmoon s'avança et la prit dans ses bras en baisant ses larmes. Ils éclatèrent de rire ensemble.

— Oh, Dorian ! Dorian ! Nous craignions tant que vous soyez mort en Granbretanne !

— Tout bien considéré, c'est encore en Granbretanne que nous avons couru le moins de danger, n'est-ce pas, D'Averc ?

D'Averc toussa dans son mouchoir.

— Parfaitement et c'est même là-bas que notre santé a été la meilleure.

La silhouette élancée, le visage bienveillant,

Noblegent se tenait près d'eux. Il les fixait d'un œil interrogateur.

— Mais comment êtes-vous revenus en Kamarg et dans notre dimension ?

Hawkmoon fit un geste évasif.

— J'aurais bien du mal à vous répondre, Sire Noblegent. Les Grands Bienheureux nous ont amenés jusqu'ici, c'est tout ce que je sais. Le voyage n'a pas duré plus de quelques minutes.

— Les Grands Bienheureux ! Je n'en ai jamais entendu parler ! Le comte Airain qui tentait de dissimuler son émotion, parlait d'un ton bourru tout en caressant sa grosse moustache rousse.

« Des esprits, en quelque sorte ? »

— En quelque sorte, oui. »

Hawkmoon tendit la main à son beau-père.

« Vous n'avez pas changé, Comte. Votre chevelure est toujours aussi flamboyante.

— Ce n'est pas un signe de jeunesse, répondit le comte. « C'est la rouille ! Ne suis-je pas ici en train de moisir tandis que vous autres courez de par le vaste monde à la poursuite d'exaltantes aventures.

Oladahn, le fils de la géante des Montagnes Bulgares, s'approcha timidement.

— Je suis heureux de vous revoir sain et sauf, ami Hawkmoon.

En souriant il lui offrit une coupe de vin. « Buvons à la joie de votre retour ! »

Hawkmoon vida son verre d'un seul trait.

— Merci, ami Oladahn. Comment allez-vous ?

— Je m'ennuie. Nous nous ennuyons tous et désespérions de jamais vous revoir.

— Eh bien me voici de retour et je crois que le récit de mes aventures dissipera votre ennui pour quelques heures. Et nous sommes tous chargés d'une mission qui ne manquera pas de vous faire oublier le désœuvrement dont vous souffrez.

— Racontez-nous ! rugit le comte Airain. De grâce, racontez-nous immédiatement.

— Oui, répondit Hawkmoon d'un ton enjoué, mais laissez-moi d'abord contempler mon épouse un instant.

Il se tourna vers Yisselda et croisa son regard empreint de gravité.

— Que se passe-t-il, Yisselda ?

— Je suis inquiète, Messire, je sens que vous allez bientôt risquer votre vie de nouveau.

— Cela est possible, en effet.

— Qu'il en soit ainsi, puisqu'il le faut, dit-elle en faisant un effort pour lui sourire. Mais, pas dès ce soir, j'espère.

— Ni même avant plusieurs nuits. Car il nous faut le temps de nous préparer.

— Bien, dit-elle doucement en fixant le mur de pierre, car j'ai quelque chose de très important à vous dire.

Le comte Airain les interrompit et les invita à s'approcher de la table que des serviteurs étaient en train de dresser à l'autre extrémité de la longue salle.

— Allons dîner. Nous avons gardé tous les meilleurs mets pour votre retour.

Plus tard, alors que, repus, ils se tenaient autour du feu, Hawkmoon leur montra l'Epée de l'Aurore et le Bâton Runique. Immédiatement des faisceaux lumineux se mirent à danser et à tournoyer en formant de multiples figures mouvantes tandis que l'air s'emplissait de l'étrange fragrance douce-amère.

Hawkmoon replaça dans sa chemise l'objet que tous contemplaient en silence, avec un respect mêlé de crainte.

— Voici notre étendard, celui au nom duquel nous partirons en guerre contre le Ténébreux Empire.

Oladahn se grattait le menton.

— Le Ténébreux Empire ?

Hawkmoon sourit.

— Mais oui.

— Ne sont-ils pas des millions ? demanda Noblegent en prenant l'air innocent.

— Des millions, en effet.

— Oh ! Il doit bien nous rester cinq cents Kamarguais, murmura le comte en feignant de se plonger dans une longue réflexion, « calculons un peu cela... »

D'Averc prit alors la parole.

— Nous avons plus de cinq cents combattants. Vous oubliez les Légions de l'Aurore.

D'un geste de la main il désigna l'épée dans son fourreau que Hawkmoon avait déposée à terre près de lui.

— Ces mystérieuses légions sont-elles nombreuses ?

— Je l'ignore. Peut-être sont-elles un nombre infini. Peut-être pas.

— Restons modestes et disons mille, reprit le comte. Cela nous fait quinze cents guerriers contre...

— Des millions, renchérit D'Averc.

— Des millions, oui, possédant toutes les ressources du Ténébreux Empire et un savoir technique et scientifique alors que nous sommes désarmés...

— Nous avons l'Amulette Rouge et les Anneaux de Mygan, rappela Hawkmoon.

— Ah oui...

Le comte semblait soudain maussade.

« J'oubliais... Et nous avons également le bon droit de notre côté — n'est-ce pas un atout cela aussi, Duke Dorian ?

— Mais avec les anneaux nous avons le pouvoir de retourner dans notre dimension nous battre, libérer les opprimés et ainsi lever une armée de paysans. Ce serait un premier pas.

— Une armée de paysans... Hum...

— Je sais, soupira Hawkmoon. Nous n'avons

que peu de chances de réussir. Cela semble chimérique.

Tout à coup le visage du comte Airain s'illumina d'un sourire radieux.

— C'est exactement cela, mon ami. Vous avez trouvé !

— Que voulez-vous dire ?

— Chimérique. Tout cela est absolument chimérique et c'est cela qui me plait. Je vais chercher les cartes. Nous allons tout de suite préparer notre première campagne !

Lorsque le comte Airain fut sorti, Oladahn s'adressa à Hawkmoon.

— Je suppose qu'on a omis de vous dire qu'Elvereza Tozer s'était enfui. Il a tué son garde pendant que nous étions partis chevaucher vers le rivage, est revenu ici reprendre son anneau et a disparu.

— Nous le savions déjà. Voilà qui est fâcheux, Il a pu retourner à Londra dit Hawkmoon soucieux.

— Oui. Nous sommes maintenant extrêmement vulnérables.

Le comte revint avec les cartes.

— A présent, voyons...

Une heure plus tard, Hawkmoon se leva, prit la main de Yisselda, salua ses amis et s'éclipsa avec son épouse.

Longtemps après, tendrement enlacés, ils ne dormaient toujours pas. C'est alors qu'elle lui annonça qu'ils allaient avoir un enfant.

Il garda le silence, lui donna simplement un baiser et la serra très fort. Mais lorsqu'elle se fut endormie, il s'approcha de la fenêtre pour contempler les lagunes où ondulaient les roseaux à perte de vue, songeant qu'il se battrait désormais pour quelque chose d'infiniment plus précieux qu'un idéal.

Il espérait vivre assez longtemps pour pouvoir embrasser son enfant.

Il espérait que son enfant verrait le jour même si lui-même devait mourir bientôt.

CHAPITRE VII

LES MONSTRES COMMENCENT A S'ENTRE-DÉCHIRER

Dès que les tours de Londra furent en vue, derrière son masque, le visage de Méliadus s'éclaira d'un sourire triomphant et sa main étreignit le bras de Flana Mikosevaar.

— Tout marche à merveille, murmura-t-il, bientôt, ma chère, vous serez reine. Ils ne peuvent rien soupçonner. On n'a plus vu de telles rébellions depuis des siècles et des siècles ! Ils n'y sont pas préparés. Combien ils vont maudire les architectes qui situèrent les casernes le long du fleuve !

Il exultait.

Flana était lasse du vacarme de ces engins inventés par Kalan et du grondement des roues à palettes qui propulsaient le navire. Elle se prit soudain à apprécier leur silence comme l'une des principales vertus des bateaux à voiles. Une fois leur fonction présente remplie et dès qu'elle serait sur le trône, ces choses bruyantes n'approcheraient plus jamais de Londra. Mais une seconde plus tard elle ne songeait déjà plus ni à cette décision, ni à son irritation et se retirant de nouveau en elle-même, se désintéressa de Méliadus et de sa conspiration et oublia même la seule raison — le peu de souci qu'elle avait désormais de sa propre existence — pour laquelle elle acceptait de s'associer à cette folle entreprise. De nouveau, elle pensait à D'Averc.

Les capitaines des navires qui précédaient le vaisseau-amiral, savaient ce qu'ils avaient à faire. Equipés du canon lance-flamme de Kalan, ils connaissaient leurs cibles : les casernes des Ordres du Cochon, du Rat et de la Mouche qui bordaient le fleuve non loin des faubourgs de Londra.

Le baron Méliadus ordonna au capitaine de son vaisseau de hisser le drapeau destiné à donner le signal du bombardement.

C'était un matin blafard comme tous les autres à Londra ; aussi maussade et ténébreux que d'habitude, il s'insinuait entre les tours aux formes torturées qui s'agrippaient au ciel, tels les doigts avides d'une multitude de déments.

Il était très tôt. Hormis les esclaves tout le monde dormait encore. Tout le monde, à part Taragorm, Kalan et leurs hommes attentifs et prêts à prendre leurs positions dès les premières rumeurs de combats Le projet était de tuer le maximum d'adversaires, puis d'attirer les autres vers le palais pour les y encercler de manière à n'avoir plus vers midi qu'un seul objectif.

Méliadus savait que, même s'ils réussissaient

dans leur plan, la vraie bataille commencerait au moment de l'attaque du palais et qu'ils avaient tout intérêt à ce que ce dernier tombât avant l'arrivée des renforts.

Méliadus retint son souffle. Ses yeux étincelèrent ; le canon au groin de bronze cracha le feu en hurlant vers les casernes endormies. Dès les premières secondes, l'une d'elles explosa et une furieuse détonation déchira le petit matin.

— Quelle chance ! cria Méliadus, voilà un excellent présage. Je n'espérais pas remporter un tel succès aussi rapidement !

Une autre explosion secoua l'air ; une caserne sautait de l'autre côté du fleuve et des hommes pris de panique jaillirent des bâtiments intactes, certains si affolés qu'ils avaient oublié de mettre leurs masques. Le canon-lance-flamme cracha encore pour leur couper la fuite, et, en un instant, ils furent réduits en cendre. Leurs cris et hurlements qui retentirent dans la ville assoupie furent pour la plupart des habitants le premier écho de la bataille engagée.

Au spectacle du carnage qui se déroulait sur les berges, Loups et Vautours se tournaient les uns vers les autres, silencieux et satisfaits. Des Rats et des Cochons couraient en tous sens à la recherche d'un abri ; des Mouches se jetèrent derrière le plus proche bâtiment encore debout. Certains avaient apporté des lances-feu et dirigeaient leurs tirs sur les assaillants.

Les monstres avaient commencé à s'entre-dévorer.

Ceci était une étape de l'engrenage fatal que Méliadus avait provoqué lorsque en quittant le Château Airain, il avait prêté serment sur le Bâton Runique. Mais nul ne savait encore comment s'achèverait ce nouveau chemin qu'avait pris la destinée, ou qui remporterait l'ultime victoire : Huon, Méliadus ou Hawkmoon.

Chapitre VIII

UNE INVENTION DE TARAGORM

Vers le milieu de la matinée les casernes n'étaient plus que tas de cendre et les survivants se battaient dans les rues, non loin du centre de la ville, aux côtés de plusieurs milliers de guerriers de l'Ordre de la Mante venus en renfort. Huon n'avait probablement pas encore d'idée précise sur ce qui se passait réellement. Peut-être même pensait-il à une attaque d'Asiacommunistains déguisés en Granbretons. Méliadus souriait lorsque, escorté par une douzaine de Loups et de Vautours, il débarqua en compagnie de Flana Mikosevaar pour se rendre au Palais du Temps. La surprise avait été totale. Evitant de s'aventurer dans le dédale des passages qui reliaient la plupart des tours, ses hommes se maintenaient dans les quelques rues à ciel ouvert. Ils avait abattu les guerriers ennemis au fur et à mesure de leurs tentatives de sortie et à présent les soldats du roi Huon se trouvaient pris au piège à l'intérieur du palais impérial qui ne comportait que peu de fenêtres d'où ils pussent atteindre les rebelles. Les fenêtres étaient rares dans l'architecture de Londra car les Granbretons montraient une sorte de répugnance pour l'air naturel et la lumière du jour. Les seules qui existaient étaient si haut placées qu'elles ne pouvaient être d'aucune utilité pour les tireurs embusqués. Même les ornithoptères, mal équipés pour le combat dans une ville telle que Londra, se révélaient infiniment moins dangereux que prévu. Le cœur empli d'aise, Méliadus entra dans le Palais du Temps et y retrouva Taragorm dans une petite chambre.

— Frère ! Notre plan se réalise sans accroc jusqu'à présent, au-delà de toutes mes espérances.

— Oui, répondit Taragorm avec un petit salut à l'adresse de Flana dont, tout comme Méliadus, il avait été l'époux pendant quelques temps. « Mes Furets ont pour l'instant à peine eu besoin d'intervenir. Mais ils seront très utiles pour nettoyer les souterrains des partisans du roi qui s'y trouveraient. Ils prendront l'ennemi par derrière dès que nous seront capables de localiser précisément les poches où des légions se sont embusquées.

Méliadus montra son approbation d'un signe de la tête.

— Mais vous m'avez fait appeler. Que se passe-t-il ?

— Je crois avoir découvert le moyen de ramener parmi nous nos amis du Château

Airain, murmura Taragorm d'un ton tranquille et satisfait.

Méliadus émit un grognement rauque que Flana mit un moment à identifier comme l'expression d'un plaisir extrême.

— Enfin, Taragorm ! Je les tiens ! Les rats vont tomber dans le piège !

Taragorm riait.

— Je ne suis pas encore tout à fait sûr du bon fonctionnement de mon engin mais normalement cela devrait réussir car je me suis servi d'une formule ancienne consignée dans le volume qui par ailleurs mentionne la machine de cristal de Soryandum. Désirez-vous le voir ?

— Oui ! Je vous en prie, frère, allons-y !

— Par ici.

Taragorm précéda Méliadus et Flana le long de deux petits corridors qui résonnaient du bourdonnement des horloges et s'arrêta devant une porte basse qu'il ouvrit avec une clef minuscule.

— Entrez.

Il prit la torche fixée au mur non loin de là et les guida dans le souterrain.

« Mon engin est réglé à peu près sur la même fréquence que la machine de cristal du Château Airain. Le son qu'il émet peut passer d'une dimension à l'autre.

— On n'entend rien, remarqua Méliadus un peu déçu.

— Il n'y a rien à entendre... dans notre

dimension. Mais je peux vous garantir qu'il fait un fameux vacarme ailleurs... dans un autre espace, dans un autre temps.

Méliadus tournait autour de l'objet. De la taille d'un homme, cela ressemblait à une horloge aux rouages apparents, dont le pendule répercutait son balancement au levier d'échappement qui lui-même entraînait les aiguilles. Il y avait également des ressorts, des roues dentées et, fixé à l'arrière, une sorte de gong avec un battant. Ils virent les aiguilles atteindre la demi-heure et le battant descendre lentement pour soudain frapper le gong ; ce dernier vibra, mais ils n'entendirent pas le moindre son.

— Incroyable ! souffla Méliadus, mais comment cela fonctionne-t-il ?

— Il me reste un dernier petit réglage à faire pour lui permettre d'atteindre exactement la dimension spatio-temporelle visée que, grâce à Tozer, j'ai réussi à localiser. Au dernier coup de minuit, nos amis du Château Airain vont avoir une surprise fort désagréable.

Méliadus poussa un soupir de contentement.

— Oh, noble frère. Vous serez le plus riche et le plus honoré des seigneurs de l'empire.

Taragorm inclina légèrement son énorme masque d'horloge.

— Cela semble une juste récompense, murmura-t-il, mais je vous remercie, frère.

— Vous êtes sûr que cela va fonctionner ?

— Si cela ne fonctionne pas, je ne serai ni le

plus riche, ni le plus honoré des seigneurs de l'empire, répondit Taragorm avec humour. De surcroît, j'aurai tout à redouter de vos attentions pour moi.

Méliadus serra son beau-frère dans ses bras.

— Ne dites pas des choses pareilles, frère ! Allons !

CHAPITRE IX

HUON ET SES GENERAUX

— Bien, bien, Messires. Ceci est, nous semble-t-il, une sorte d'émeute.

La voix aux chaudes résonnances s'adressait aux hommes masqués rassemblés devant lui, tandis que ses yeux sombres et perçants passaient de l'un à l'autre.

— Une conspiration, plutôt, Noble Monarque, dit une Mante dont l'uniforme était en désordre et le masque roussi par les flammes.

— Une guerre civile, Grand Roi-Empereur, renchérit un autre.

— Un fait accompli, ou presque, murmura son voisin comme pour lui-même. « Nous avons été totalement pris au dépourvu, Puissant Souverain. »

— Totalement, en effet, Messires. Nous ne sommes pas satisfait de vous — pas plus que de nous-même. Nous nous sommes laissé abuser.

Son regard parcourut l'assemblée.

— Kalan est-il parmi vous ?

— Non, Noble Sire.

— Et Taragorm ? demanda la voix harmonieuse et vibrante.

— Taragorm non plus, Prince Universel.

— Ainsi... Et certains pensent avoir aperçu Méliadus à bord du vaisseau-amiral...

— Avec la comtesse Flana, Puissant Roi-Empereur.

— Logique. Oui, nous nous sommes laissé abuser tel un enfant. Mais peu importe. Le palais n'est-il pas bien défendu ?

— Seule une force considérable pourrait espérer le prendre d'assaut, Noble Prince.

— Mais peut-être sont-ils à la tête d'une force considérable ? Et s'ils ont le soutien de Kalan et de Taragorm, ils possèdent bien d'autres pouvoirs. Sommes-nous en mesure de tenir un siège, capitaine ?

Le capitaine des gardes de la Mante s'inclina lorsque Huon lui adressa la parole.

— Tant bien que mal, Grand souverain. Ces événements sont sans précédent.

— Sans précédent, en effet. Peut-être devrions-nous demander du renfort, dans ce cas ?

— Tous les seigneurs loyaux sont sur le Continent, dit un capitaine, Adaz Promp, Brenal Farun, Shenegar Trott...

— Shenegar Trott n'est pas sur le Continent, répliqua le roi Huon posément.

— ... Jerek Nankenseen, Mygel Holst...

— Oui, oui oui — nous connaissons les noms

de nos barons. Mais sommes-nous sûr qu'ils nous sont fidèles ?

— On peut le supposer, Grand Roi-Empereur, car certains de leurs hommes sont morts en combattant pour vous aujourd'hui, ce qui, sans aucun doute n'aurait pas été le cas si leurs chefs étaient associés à la conspiration de Méliadus.

— Votre raisonnement semble correct. Très bien — rappelez les Seigneurs de Granbretanne. Qu'ils ramènent toutes les troupes disponibles afin d'écraser ce soulèvement aussi rapidement que possible. Dites-leur que nous sommes tout à fait indisposé par ces événements. Que les messagers partent du toit du palais, puisque la plupart des ornithoptères sont encore utilisables.

Un grondement lointain et assourdi qui devait venir d'un canon-lance-flamme, se fit entendre et une légère vibration agita la salle du trône.

— Extrêmement indisposé, soupira le Roi-Empereur ; pouvez-vous estimer les positions gagnées par Méliadus depuis une heure ?

— Il est maître de presque toute la ville, Immortel Souverain.

— Je savais bien qu'il était le meilleur de mes généraux.

CHAPITRE X

EN ATTENDANT MINUIT

Retiré dans ses appartements le baron Méliadus contemplait les flammes jaillir deci-delà dans la cité en effervescence. Il appréciait tout particulièrement le spectacle des ornithoptères qui explosaient, puis flambaient au-dessus du palais. Une multitude d'étoiles scintillaient dans la nuit claire. C'était une soirée pleine de douceur et d'agrément, que venait parfaire encore la présence de quatre jeunes captives, musiciennes renommées dans leur pays d'origine, qui interprétaient pour lui des airs du plus grand compositeur granbreton, Londen Johne.

Les explosions, les hurlements et le fracas des armes formaient un contrepoint délicieux aux oreilles de Méliadus. Il dégustait un vin exquis et, tout en fredonnant, de temps à autre se penchait sur ses cartes.

On frappa à la porte, une esclave ouvrit et son capitaine d'infanterie, Vrasla Beli, s'inclina devant lui.

— Capitaine Beli ?

— Je voulais vous informer, Messire, que nous commençons à manquer d'hommes. Nous étions très peu et avons accompli des prouesses, Messire, mais, sans renforts, nous ne pourrons nous maintenir. Il faudra alors nous regrouper...

— Quitter la cité tous ensemble et choisir un champ de bataille — c'est ce que vous vouliez dire, Capitaine ?

— Oui, Messire.

Méliadus réfléchit un instant.

— Nous avons des détachements de Loups, de Vautours et même de Furets sur le Continent. Si nous les rappelions, peut-être...

— Nous rejoindraient-ils à temps, Messire ?

— Eh bien, nous allons leur en donner le temps, Capitaine.

— Oui, Messire.

— Proposez aux prisonniers de changer de masque, suggéra Méliadus. « Ils voient que nous sommes en train de gagner et pourraient désirer entrer dans un nouvel Ordre. »

Beli salua.

— Le palais du roi Huon est magnifiquement défendu, Messire.

— Et sera magnifiquement pris d'assaut, Capitaine, j'en suis persuadé.

La musique de Johne, de même que le crépitement des combats, ne cessaient de lui caresser les oreilles et Méliadus sentait que tout marcherait à merveille. La prise du palais serait longue, mais l'issue ne faisait aucun doute. Huon périrait, Flana monterait sur le trône et lui, Méliadus, serait le plus puissant d'entre les puissants de ce pays.

Il jeta un œil à la pendule accrochée au mur. Presque onze heures. Il se leva et frappa dans ses mains pour interrompre les musiciennes.

— Ma litière, ordonna-t-il, je vais au Palais du Temps.

Les mêmes quatre esclaves apportèrent sa litière et il s'enfonça parmi les coussins moelleux.

Ils traversaient lentement les passages couverts accompagnés par la mélodie du canon-lance-flamme et les cris des combattants. En lui-même, Méliadus convenait ne pas détenir encore une victoire définitive ; même s'il tuait le roi Huon, il se trouverait toujours des barons pour refuser Flana comme reine-impératrice. Il lui faudrait quelques mois avant d'asseoir fermement son pouvoir et il ne serait pas inutile de les réunir en détournant leur haine contre la Kamarg et le Château Airain. Il interpella les esclaves nues.

— Hâtez-vous ! Plus vite ! Nous ne devons pas être en retard.

Si l'engin de Taragorm fonctionnait, cela présenterait le double avantage pour lui de pouvoir à la fois atteindre ses ennemis et unifier la nation.

A cette idée Méliadus poussa un soupir de satisfaction.

LIVRE TROISIÈME

Chapitre I

LES DOUZE COUPS DE L'HORLOGE

Le dénouement était proche. Au château du comte Airain, les héros de Kamarg échafaudaient leurs plans. Le Baron Méliadus faisait de même dans le Palais du Temps, ainsi que le roi-empereur Huon dans la salle du trône. Toutes ces sombres machinations allaient réagir les unes sur les autres. Enfin, l'influence du Bâton Runique, figure centrale du drame, commençait à se faire sentir sur les différents acteurs. Maintenant, le Ténébreux Empire était divisé, et la haine de Méliadus pour Hawkmoon était la cause ultime de cette division ; Hawkmoon qu'il avait cru pouvoir manipuler comme une marionnette, mais qui avait eu la force de déjouer ses plans et de se retourner contre lui. Peut-être était-ce à ce moment précis — lorsque Méliadus avait tenté d'utiliser Hawkmoon contre le Château Airain — que le Bâton Runique s'était manifesté pour la première fois. La trame des événements était tissée serrée, si serrée que certains fils menaçaient de rompre et que le drame pouvait éclater à tout moment.

Haute Histoire du Bâton Runique

Un courant d'air froid traversa la pièce et Hawkmoon ramena autour de lui les pans de son lourd manteau ; tous ses compagnons tenaient le regard obstinément fixé devant eux. Dans la cheminée le feu ne jetait plus que des lueurs incertaines, suffisantes cependant pour éclairer les objets rassemblés sur la table.

Il y avait tout d'abord l'Amulette Rouge qui jetait sur les visages sa lueur sanglante. Elle conférait à Hawkmoon une puissance surnaturelle. Puis les anneaux de cristal de Mygan qui permettaient à leur possesseur de se transporter à travers le temps et l'espace. Ces anneaux étaient pour eux la garantie de retrouver leur monde originel. A côté, dans son fourreau, reposait l'Epée de l'Aurore. D'elle pouvait surgir une armée. Enfin, enroulé dans une longue cape trônait le Bâton Runique, étendard de Hawkmoon, dans lequel ce dernier plaçait tout son espoir.

Le comte Airain s'éclaircit la gorge.

— Hum, même avec tous ces objets de pouvoir en notre possession, pensez-vous que nous puissions défaire un empire aussi colossal que la Granbretanne ?

— Au moins notre château est-il en sûreté, lui fit remarquer Oladahn. D'ici nous pouvons aller et venir à notre guise à travers le temps et l'espace. Nous pouvons mener une longue guérilla et affaiblir considérablement les capacités de résistance de l'ennemi.

Le comte Airain soupira :

— Vous avez raison, mais je ne peux m'empêcher de douter.

— Ne voyez rien de désobligeant dans mes paroles, comte, répartit D'Averc, mais peut-être êtes-vous trop enclin à voir la guerre sous son aspect classique, avec ses batailles rangées...

Le haut col d'une cape de cuir sombre encadrait le visage pâle de D'Averc.

« Vous seriez certainement plus à votre aise sur le champ de bataille à la tête de cohortes de lanciers, d'archers, avec votre cavalerie et votre infanterie, mais malheureusement nous n'avons pas assez d'hommes pour cela. Il nous faut mener le combat des ombres, fondre sur l'ennemi et nous replonger aussitôt dans les ténèbres. Tout au moins au début. »

— Vous avez sûrement raison, D'Averc, répondit le comte Airain en hochant la tête.

Noblegent versa du vin à tout le monde.

— Il serait sage d'aller nous coucher, mes amis, nous allons devoir réfléchir sérieusement et mieux vaudrait avoir l'esprit clair.

A grands pas, Hawkmoon se dirigea vers l'extrémité de la table où les cartes étaient étalées. Il caressa d'un doigt le Joyau Noir qui ornait son front.

— Nos premières campagnes devront être minutieusement préparées.

Il se mit à étudier la carte de la Kamarg.

« Il y a toutes les chances pour que, dans l'attente de notre retour, un camp militaire ait été installé à l'endroit où se trouvait le château. Ce serait bien dans le style de Méliadus.

— Mais n'avez-vous pas l'impression que l'étoile de Méliadus pâlit à la cour ? demanda D'Averc, c'est ce que semblait dire Shenegar Trott.

— Il semble qu'effectivement la cour de Londra soit partagée au sujet de savoir si nous représentons ou non une menace pour eux. Il est donc possible que les légions de Méliadus aient été déployées ailleurs.

Noblegent fut sur le point d'ajouter quelque chose mais il se ravisa. Tous venaient de sentir le sol frémir légèrement sous leurs pieds.

— Qu'est-ce qu'il fait froid ! grommela le comte Airain et il jeta dans le feu une bûche qui fit jaillir une gerbe d'étincelles. La bûche prit rapidement et des ombres fantasques se mirent à danser sur le mur. Le comte Airain n'était vêtu que d'une simple robe de laine qui moulait son torse puissant et il semblait regretter de n'avoir rien amené de plus chaud. Il se prit à regarder d'un air songeur le râtelier d'armes au fond de la pièce. Il y avait là des lances, des arcs, des flèches, des masses-d'armes, des épées, son propre sabre et son armure d'airain. Son beau visage hâlé s'assombrit.

Un nouveau frémissement fit trembler les murs du château et s'entrechoquer les armes du râtelier.

Hawkmoon jeta un coup d'œil à Noblegent. Le philosophe semblait agité par le même funeste pressentiment.

— Un léger tremblement de terre, peut-être ?

— Peut-être, murmura Noblegent, visiblement sceptique.

Un bruit ténu, presque inaudible leur parvint alors. On eut dit un gong résonnant dans le lointain. Ils se ruèrent sur les portes ; le comte Airain hésita un instant, puis poussa les lourds battants.

Le ciel était d'encre et des nuages bleu foncé tourbillonnaient en une sarabande infernale, comme si la voûte céleste eût été sur le point de se rompre.

Le bruit se fit entendre à nouveau, plus proche cette fois. Cela ressemblait au bourdonnement monotone d'une cloche ou d'un gong.

— On se croirait dans le clocher du château lorsque les cloches sonnent à toute volée, remarqua Noblegent l'air inquiet.

Les visages étaient graves et tendus. Hawkmoon se dirigea vers la grande salle qu'ils venaient de quitter avec l'intention de prendre l'Epée de l'Aurore.

— Que redoutez-vous, lui lança D'Averc, une attaque du Ténébreux Empire ?

— Du Ténébreux Empire ou d'une force surnaturelle, répondit Hawkmoon.

Un troisième coup retentit, déchirant l'air de la nuit au-dessus des marécages de Kamarg, au-dessus des étangs et des roseaux. Dérangés dans leur quiétude les flamants s'élevèrent en poussant des cris rauques.

Plus fort que les précédents le quatrième coup semblait sonner le glas.

Au cinquième coup, le comte Airain saisit son épée dans le râtelier.

Un sixième coup, toujours plus fort. D'Averc se boucha les oreilles.

— Cela finira par nous donner la migraine... dit-il d'un ton plaintif.

Enveloppée de sa seule chemise de nuit Yisselda dévalait les escaliers.

— Père, Dorian, que ce passe-t-il ? J'ai peur que mes tympans n'éclatent.

— Et moi j'ai peur que nos vies mêmes ne soient menacées, lança lugubrement Oladahn, quoiqu'en vérité je ne sache...

Septième coup. Les murs du château tremblèrent légèrement et des fragments de plâtre se détachèrent du plafond.

— Nous ferions mieux de fermer les portes, dit le comte Airain, lorsque l'onde sonore se fut dissipée.

Lentement le petit groupe rejoignit la salle et

Hawkmoon aida le comte à pousser les vantaux et à replacer la lourde barre de fer.

Le huitième coup fut encore plus violent et tous durent se boucher les oreilles. Un bouclier accroché au mur depuis des siècles roula avec fracas sur les dalles avant que les pieds massifs de la table ne viennent arrêter sa course.

Affolés, les serviteurs accouraient dans la grande salle.

Le neuvième coup fit éclater les vitres du château, et le sol se couvrit de mille morceaux de verre. Les murs tremblèrent et Hawkmoon comme ses compagnons furent violemment secoués. On eût dit un navire qui aurait heurté de plein fouet un écueil à fleur d'eau. En se raccrochant de justesse à un pilier, Hawkmoon parvint à retenir Yisselda dans sa chute. La formidable intensité du bruit commençait à lui donner la nausée et sa vue même se brouillait.

Pour la dixième fois le gong retentit et ce fut comme si l'univers tout entier avait vibré annonçant ainsi la fin des temps.

Noblegent bascula en avant et s'écroula évanoui sur les dalles. Oladahn, en titubant, pressa ses deux mains contre ses oreilles avant de s'effondrer. Hawkmoon tenait Yisselda farouchement enlacée mais il avait toutes les peines du monde à ne pas lâcher prise ; une violente nausée l'envahissait et ses tempes battaient à tout rompre. Le comte Airain et D'Averc avaient en chancelant, gagné la table, et avaient pu s'y accrocher au moment où le gong avait retenti.

— Là, regardez, s'exclama D'Averc lorsque les dernières vibrations se furent dissipées.

Soutenant toujours Yisselda, Hawkmoon parvint à gagner la table et jeta un regard sur les anneaux de Mygan. Il ne put réprimer un cri d'horreur. Tous les anneaux de cristal avaient éclaté.

— Adieu nos projets de guérilla, dit D'Averc d'une voix rauque, et peut-être même adieu à tous nos projets...

Vint le onzième coup, plus sourd et plus terrifiant encore que le précédent. Le château trembla sur ses bases et tous furent jetés à terre. Hawkmoon poussa un hurlement, il lui semblait que le tonnerre éclatait dans son crâne et que le terrible mugissement lui broyait le cerveau. Il ne s'entendit même pas hurler et s'écroula sur le sol prêt à subir l'impitoyable verdict de cette force inconnue.

Tandis que le bruit s'évanouissait peu à peu, Hawkmoon s'efforçait, à genoux, de rejoindre Yisselda. La douleur était si forte que des larmes ruisselaient sur son visage. Tout à coup il sentit un liquide chaud dégoutter le long de son cou : ses oreilles saignaient. Dans une sorte de brouillard, il aperçut le comte d'Airain qui, agrippé au rebord de la table, tentait de se relever. Du sang coulait de ses oreilles également et venait maculer sa chevelure.

— Nous sommes vaincus, dit le vieil homme en haletant, vaincus par un ennemi lâche qui se dérobe à notre vue. Vaincus par une force contre laquelle nous ne pouvons même pas tirer l'épée.

Hawkmoon rampait toujours en direction de Yisselda qui gisait sur le dallage.

Puis le douzième coup résonna. Formidable. Plus puissant encore que les précédents. Les pierres du château menaçaient de se disjoindre. La table se fendit d'un coup et les objets qui la couvraient allèrent rouler sur le sol. De lourdes dalles s'ouvrirent comme des fruits trop mûrs ou bien s'effritèrent en mille et un fragments. Le château semblait ballotté comme un bouchon dans la tempête et Hawkmoon se mit à geindre sourdement ; dans ses yeux le sang avait remplacé les larmes et ses veines paraissaient sur le point d'éclater.

Puis, comme en contre-point de la note basse, une note aigrelette, haut-perchée, s'éleva, et les couleurs envahirent la grande salle. D'abord vint le violet, puis le pourpre et enfin le noir. Un million de clochettes semblaient tinter à l'unisson, et cette fois, il était possible de localiser la provenance du son. Cela venait des douves.

Faiblement, Hawkmoon tenta de se redresser, mais il retomba, face contre terre. La note profonde s'éteignit graduellement, puis les couleurs s'estompèrent peu à peu, enfin ce fut le tour des petites cloches aigrelettes.

Le silence revint.

CHAPITRE II

LES MARAIS ASSÉCHÉS. —

— Le cristal est détruit !

Hawkmoon secoua la tête comme s'il se réveillait d'un mauvais rêve.

— Quoi ?

— Le cristal est détruit.

Agenouillé à ses côtés, D'Averc l'aidait à se relever.

— Et Yisselda ? Demanda Hawkmoon.

— Elle va bien, ne vous inquiétez pas, elle repose dans sa chambre maintenant ; mais le cristal est détruit.

Hawkmoon sentait des caillots de sang obstruer ses narines et ses oreilles.

— Vous voulez parler des anneaux de Mygan ?

— Soyez plus clair, D'Averc. C'était la voix de Noblegent. « Dites-lui que ce ne sont pas seulement les anneaux, mais que la machine du Peuple des Ombres aussi a été détruite.

— Détruite ? Hawkmoon sauta sur ses pieds.

« Serait-ce donc cela, le bruit terrible que j'ai entendu ?

— Oui ! Et les vibrations ont détruit le cristal.

Le comte Airain se tenait appuyé à la table et s'épongeait le front.

— Ainsi... Hawkmoon lança un regard interrogateur au comte.

— Oui. Nous sommes retournés dans notre dimension originelle.

— Nous ne sommes pas assiégés ?

— Non, il ne semble pas.

Hawkmoon prit une profonde inspiration et se dirigea lentement vers la grande porte d'entrée. Avec peine, il parvint à ôter la lourde barre de métal qui la maintenait fermée.

Il faisait encore nuit. Les étoiles n'avaient pas bougé mais les tourbillons de nuages bleus avaient disparu et un silence inquiétant régnait sur la campagne alentour. Il flottait dans l'air une odeur étrange. Nul cri de flamant ne se faisait entendre, le vent ne sifflait plus à travers les roseaux.

Pensivement, Hawkmoon referma les deux battants.

— Où sont les légions ? demanda D'Averc. « Il est difficile d'imaginer qu'elles ne soient pas déjà en train de nous guetter. »

— Nous en saurons plus lorsque le jour sera levé, répondit Hawkmoon. « Peut-être en effet sont-elles massées autour du château et n'attendent-elles qu'un signe pour fondre sur nous. »

— Vous pensez donc que ce bruit épouvantable nous a été envoyé par le Ténébreux Empire ? demanda Oladahn.

— Cela ne faisait pas l'ombre d'un doute, intervint vivement le Comte Airain, « en nous ramenant dans notre dimension, ils ont atteint leur objectif. » Il se mit à renifler l'air. « Je donnerais cher pour savoir ce que c'est que cette odeur. »

A genoux, D'Averc extrayait les différents objets des débris de la table.

— C'est un miracle que nous soyons encore en vie.

— Oui, répartit Hawkmoon, ce bruit semble avoir causé plus de dommages aux objets qu'à nous-mêmes.

— Deux de nos vieux serviteurs sont morts, annonça calmement le comte. « Leur cœur a laché. On est en train de les enterrer maintenant, dans la cour intérieure, peut-être demain ne sera-t-il plus temps. »

— Et le château ? demanda Oladahn.

Le comte Airain eut un geste d'ignorance.

— C'est difficile à dire ; je suis descendu dans les souterrains, la machine de cristal est complètement détruite et ça et là, les murs présentent quelques lézardes. Mais c'est une construction ancienne et solide et je crois que dans l'ensemble elle n'a pas trop souffert. Evidemment il n'y a plus une seule vitre, ni un seul miroir d'ailleurs. De toute façon... il haussa les épaules comme si le sort de son vieux château ne lui importait plus guère,... « de toute façon, nous sommes toujours là, et notre détermination n'a pas faibli. »

D'Averc saisit l'Epée de l'Aurore et l'Amulette Rouge et les tendit à Hawkmoon.

— Prenez ceci, vous en aurez besoin.

Hawkmoon ceignit l'Epée de l'Aurore, passa autour de son cou la chaîne de l'Amulette puis se saisit vivement du Bâton Runique, toujours enveloppé dans son étoffe.

— Ce Bâton ne nous a pas été d'un très grand secours jusqu'à présent, dit-il en soupirant.

L'aube parut enfin, morne et grise ; blafarde comme la mort.

Sur la colinne, au pied des murailles du château, cinq hommes regardaient le jour se lever ; cinq hommes au visage dur qui étreignaient la poignée de leur épée.

C'était bien la Kamarg qu'ils avaient quittée qui s'étendait devant eux, mais une Kamarg dévastée par la guerre. L'odeur que le comte avait remarquée était celle du carnage et de la terre brulée. Aussi loin que leur regard pouvait porter, tout n'était que ruine et cendre. Les marais et les lagunes avaient été asséchés par le feu ou la flamme des canons. Les flamants, les chevaux et les taureaux avaient péri dans la fournaise ou s'étaient enfuis. Les tours altières qui se dressaient aux confins du pays avaient été rasées. La plaine tout entière semblait une mer de cendre grise.

— Mon pays bien-aimé, murmura le comte d'une voix étranglée, « tout a disparu, mon peuple, ma terre et ses animaux. Les gens de Kamarg m'avaient choisi pour Seigneur-Gardian et j'ai failli à ma tâche. Tout est perdu fors la vengeance. Je veux voir les portes de Londra s'ouvrir devant nous et la ville envahie par nos troupes. Ensuite je pourrai mourir, mais pas avant. »

Chapitre III

LE CARNAGE

En atteignant les limites de la Kamarg, Hawkmoon et Oladahn étaient, de même que leurs chevaux, couverts de la tête aux pieds d'une couche de cendre poisseuse qui irritait les narines et brûlait la gorge et les yeux.

A présent, la morne étendue noirâtre laissait apparaître par endroits des touffes d'herbe jaune et clairsemée, mais ils n'avaient pas encore rencontré d'indices de la présence des légions du Ténébreux Empire dans le pays.

Un soleil timide et blafard transperça l'épaisseur des nuages. Hawkmoon immobilisa sa monture et consulta sa carte. D'un geste de la main, il désigna l'est.

— Le village de Verlin se trouve par là. Approchons prudemment pour voir si des troupes l'occupent encore.

Mais dès que le village fut en vue, Hawkmoon accéléra l'allure. Sans comprendre, Oladahn le suivit.

— Duc Dorian, que se passe-t-il ?

Hawkmoon n'eut pas besoin de répondre car le spectacle qui s'offrait à leurs yeux en arrivant parlait de lui-même : des cadavres mutilés jonchaient les rues du village et presque toutes les maisons n'étaient plus que tas de ruines encore fumantes. Là non plus, néanmoins, ils ne trouvèrent pas le moindre signe de la présence des Granbretons.

De nombreux villageois étaient morts calcinés par les lances-feu, l'aspect des cadavres en témoignaient et des traînées noires et brunâtres couvraient les quelques murs encore debout. Çà et là, revêtu de son armure et le masque tourné vers le ciel, gisait un Granbreton.

— Apparemment, il n'y avait que des Loups, murmura Hawkmoon. Des hommes de Méliadus. Ils ont brusquement attaqué les villageois et ceux-ci se sont défendus. Regarde — ce Loup a été tué à coups de faux redressée — et celui-ci à coups de bêche...

— Peut-être les Loups ont-ils écrasé une révolte villageoise, suggéra Oladahn.

— Dans ce cas pourquoi seraient-ils partis ? remarqua Hawkmoon. Ils étaient ici en garnison. »

Leurs chevaux devaient à tout instant éviter les cadavres qui commençaient à dégager une odeur fétide. Manifestement le carnage était assez récent. Les magasins avaient été pillés, le bétail, les chevaux et même les chiens abattus.

— Ils ont tout détruit, y compris ce qui aurait

pu servir de nourriture. On dirait qu'ils ont dû fuir devant un ennemi encore plus puissant qu'eux-mêmes !

— Plus puissant que le Ténébreux Empire ? dit Oladahn en frissonnant. Aurions-nous un nouvel ennemi à affronter, ami Hawkmoon ? »

— Espérons que non. Encore que tout cela soit vraiment incompréhensible.

— Et horrible, ajouta Oladahn.

Il y avait non seulement des hommes, mais encore des enfants et des femmes qui toutes, jeunes ou vieilles, avaient été violées avant d'être assassinées, égorgées pour la plupart, car les Granbretons se divertissaient particulièrement à égorger leurs victimes pendant qu'ils les violaient.

Hawkmoon soupira.

— La marque du Ténébreux Empire, où qu'on aille.

Un vent froid soufflait sur le village désolé ; soudain Hawkmoon s'immobilisa, dressant l'oreille, attentif à un son à peine audible.

— Il y a quelqu'un ! Encore en vie peut-être !

Il guida sa monture en direction du faible bruit et s'engagea dans une petite rue. En travers du seuil d'une maison dont la porte avait été enfoncée, gisait une jeune fille. Ses gémissements étaient distincts à présent. Hawkmoon mit pied à terre, s'approcha prudemment, puis s'agenouilla pour la soulever dans ses bras. Quelques lambeaux de vêtements déchiquetés dissimulaient à peine son corps à demi nu et couvert de meurtrissures. Une trace rouge, sans doute due à un poignard émoussé, traversait sa gorge. Elle avait à peu près quinze ans, ses cheveux de soie étaient en désordre et ses grands yeux bleus déjà vitreux. Lorsque Hawkmoon la souleva, son corps fut secoué d'un frémissement.

Il la reposa avec précaution, alla chercher la gourde de vin accrochée à sa selle et lui en fit boire quelques gorgées. De nouveau, elle frémit, puis soudain ses yeux s'écarquillèrent, pleins de frayeur.

— Ne crains rien, dit Hawkmoon doucement. « Je suis un ennemi du Ténébreux Empire. »

— Vivant ?

Hawkmoon eut un sourire amer.

— Vivant... Oui. Je suis Dorian Hawkmoon, Duc de Köln.

— Hawkmoon de Köln ? Nous vous croyions mort — ou disparu dans les limbes, à jamais...

— Me voici de retour et ton village sera vengé, je le jure. Que s'est-il passé ?

— Je ne sais pas très bien, Messire, sinon que les monstres du Ténébreux Empire décidèrent soudain de nous exterminer.

Brusquement, elle tenta de se relever.

« Mon père et ma mère — ma sœur... »

Hawkmoon jeta un regard à l'intérieur de la maison dévastée et frissonna d'horreur.

— Ils sont morts, dit-il.

Il était en dessous de la vérité, car leurs corps étaient effroyablement mutilés. Il porta la jeune fille sanglotante jusqu'à son cheval.

— Je vous emmène au Château Airain.

CHAPITRE IV

LES HEAUMES

On lui donna le meilleur lit du château. Hawkmoon, Noblegent et Yisselda l'entouraient et tentaient de la réconforter. Cependant elle se mourait, non de ses blessures mais de désespoir. Elle souhaitait mourir et ils respectaient ce désir.

— Cela faisait des mois, murmurait-elle, que les Loups occupaient notre village. Ils nous prenaient tout, tandis que nous-mêmes étions affamés. On disait qu'ils étaient là pour surveiller la Kamarg. Nous nous demandions ce qu'ils pouvaient bien surveiller dans ce pays désolé...

— Ils attendaient probablement notre retour, lui dit Hawkmoon.

— Probablement, acquiesça gravement la jeune fille avant de poursuivre son récit.

« Enfin, hier, nous avons vu arriver un ornithoptère dont le pilote est allé tout droit voir le chef de garnison. La rumeur commença à courir que les soldats étaient rappelés à Londra et nous étions fous de joie. Une heure plus tard la garnison s'abattait sur le village, tuant, pillant, violant. Ils avaient pour ordre de nous massacrer jusqu'au dernier, de manière à ne pas rencontrer de résistance lorsqu'ils reviendraient, de manière aussi à ce que quiconque passant par le village ne pût y trouver de nourriture. Puis ils sont partis.

— Ainsi ils ont l'intention de revenir, dit Hawkmoon songeur. « Mais je me demande pourquoi ils sont partis. »

— Une subite invasion, peut-être, suggéra Noblegent en appliquant un linge humide sur le front de la jeune fille.

— J'y ai bien pensé — mais il semble que ce ne soit pas cela, soupira Hawkmoon. « Cela reste inexplicable et il est effrayant d'en savoir si peu. »

On frappa à la porte et D'Averc entra.

— Nous avons la visite d'un vieil ami, Hawkmoon.

— Un ami ? qui donc ?

— Orland Fank, l'homme des Orkneys.

Hawkmoon se leva.

— Peut-être saura-t-il nous éclairer.

Tandis qu'il se dirigeait vers la porte, Noblegent dit d'une voix calme :

— La jeune fille est morte, Duc Dorian.

— Elle sera vengée, répondit Howkmoon avec détermination, et il descendit dans la grande salle du château.

— Je reconnais qu'il y a quelque chose d'étrange, ami, disait Orland Fank au comte Airain. Hawkmoon les rejoignit devant la cheminée où un feu crépitait. Fank le salua d'un signe de la main.

— Comment allez-vous, Duc Dorian ?

— Le mieux possible étant données les circonstances. Savez-vous pourquoi les légions sont parties, Maître Fank ?

— J'étais justement en train de dire au comte Airain ici présent que je l'ignorais...

— Et moi qui vous croyais omniscient, Maître Fank !

Feignant le honte, Fank lui adressa un sourire penaud, tout en ôtant son béret pour s'en voiler la face.

— J'ai néanmoins besoin de temps pour réunir des informations et j'ai été très occupé depuis votre départ de Dnark. J'apporte quelques présents pour les héros du Château Airain.

— C'est très aimable à vous.

— Cela ne vient pas de moi, je dois dire, mais du... Ma foi... du Bâton Runique, je suppose. Je vous les remettrai plus tard. Pour sûr, vous les trouverez d'une utilité pratique assez réduite, toutefois lorsqu'on lutte contre le Ténébreux Empire, qui peut distinguer ce qui est utile de ce qui ne l'est pas ?

Hawkmoon se tourna vers d'Averc.

— Qu'avez-vous découvert lors de votre reconnaissance ?

— A peu près la même chose que vous, répondit D'Averc. Des villages rasés et tous les habitants hâtivement massacrés. Des indices du départ précipité des troupes. Je pense qu'il reste encore quelques garnisons dans les grandes villes, mais squelettiques — essentiellement de l'artillerie et plus du tout de cavalerie.

— Insensé, murmura le comte Airain.

— S'ils sont devenus fous, alors nous devrions essayer d'en tirer avantage, dit Hawkmoon avec un sourire sardonique.

— Bien parlé, Duc Dorian.

De sa main rouge et vigoureuse, Fank lui donna une grande claque amicale dans le dos.

« Puis-je apporter les présents ? »

— Mais certainement.

— Il me faudrait deux serviteurs pour m'aider parce qu'il y en a six et c'est joliment lourd. J'ai dû prendre deux chevaux pour les transporter.

Un moment plus tard les serviteurs revinrent chargés d'objets enveloppés, un dans chaque main. Fank en apporta deux également et les déposa à leurs pieds sur le dallage.

— Ouvrez-les donc, Messires.

Hawkmoon se pencha et ôta l'étoffe qui recouvrait l'un des cadeaux. Cela étincelait et il cligna des yeux, puis il vit son propre visage s'y refléter. Intrigué, il se hâta de retirer ce qui restait d'étoffe ; une expression de stupeur se peignit sur ses traits lorsque l'objet lui apparut et un murmure de surprise parcourut le groupe qui l'entourait.

C'étaient des heaumes moulés de façon à protéger la tête entière en reposant sur les épaules et fabriqués dans un métal inconnu, mieux poli que le miroir le plus parfait au monde. Complètement lisses, à part deux fentes pour les yeux, ils ne portaient pas la moindre décoration de sorte que quiconque les regardait y rencontrait une image absolument fidèle de lui-même. Faits du même métal, les cimiers s'ornaient en revanche de figures aux lignes si pures et délicates qu'elles ne semblaient pas l'œuvre d'un simple mortel. Hawkmoon pensa soudain combien ces heaumes singuliers seraient utiles lors des combats car l'ennemi, désorienté, aurait l'impression de se battre contre lui-même.

Il éclata d'un rire sonore.

— Incomparable ! Celui qui inventa ces heaumes ne peut être qu'un génie.

— Essayez-les, dit Fank en souriant. Vous verrez comme ils s'ajustent admirablement. Ils sont la réponse du Bâton Runique aux masques d'animaux du Ténébreux Empire.

— Comment chacun reconnaîtrait-il le sien ? demanda le comte Airain.

— Très facile, répondit Fank. Le premier que vous avez touché est forcément le vôtre. Regardez celui que vous tenez, comte, son cimier a la couleur de l'airain, il vous appartient donc.

Le visage rayonnant d'aise, le comte Airain

posa le heaume sur ses épaules. Hawkmoon y croisa son propre regard et vit le Joyau Noir, lisse et terne au milieu de son front. Avec amusement il contempla un moment sa propre image, puis il mit le sien dont le cimier avait la couleur de l'or. Se tournant alors de nouveau vers le heaume du comte, il s'étonna de voir que plus rien ne s'y reflétait, jusqu'à ce qu'il eût compris qu'en fait les deux surfaces miroitaient à l'infini.

Chacun avait son heaume sur les épaules, D'Averc avec un cimier bleu et Oladahn un cimier rouge, et tous riaient de contentement.

— Voici le plus beau présent qui soit, Maître Fank, s'exclama Hawkmoon.

« Mais pour qui sont les deux heaumes qui restent ? » ajouta-t-il.

— Pour ceux qui les voudront, répondit Fank mystérieusement.

— Pour vous-même ?

— Pour moi ? Non. Je dois avouer que je n'ai que peu de goût pour les armures. C'est encombrant et génant lorsque je dois manier ma hache-d'armes.

D'un geste du pouce vers l'arrière, il désigna la hache qu'une corde maintenait dans son dos.

— Mais alors pour qui donc sont ces deux heaumes ? insista le comte.

— Vous le saurez bien assez tôt, répliqua Fank. « Et cela vous semblera alors évident.

Comment vont les habitants du Château Airain ? »

— Les villageois de la colline ? Certains sont morts des vibrations du gong qui nous a ramenés dans cette dimension. Quelques maisons se sont écroulées, mais la plupart des villageois ont survécu, en particulier tous ceux qui constituaient notre cavalerie.

— Cinq cents hommes environ, ajouta D'Averc. « Notre armée ».

— Bien, dit Fank en jetant un regard de côté vers le Français. « Bien. Enfin, je dois partir car j'ai encore beaucoup à faire. »

— Et qu'avez-vous à faire, Maître Fank ? demanda Oladahn.

Fank marqua une pose.

— Chez moi, mon ami, dans les Orkneys, on ne s'intéresse pas aux affaires des autres.

— Merci pour les cadeaux, dit Oladahn en s'inclinant, et pardonnez ma curiosité.

— J'accepte vos excuses, répondit Fank.

— Avant votre départ, Maître Fank, je tiens à vous remercier en notre nom à tous pour ces présents si bienvenus, dit le comte Airain. « Mais peut-on encore vous importuner avec une dernière question ? »

— A mon avis, vous êtes tous beaucoup trop enclin à en poser sans cesse. Mais il faut reconnaître que nous autres, le peuple des Orkneys, ne sommes guère loquaces. Demandez toujours, ami, je ferai de mon mieux pour vous répondre, si ce n'est pas une question trop personnelle, bien sûr.

— Savez-vous ce qui a causé la destruction de la machine de cristal ?

— Je dirais que le seigneur Taragorm, Maître du Palais du Temps à Londra, a découvert, après avoir trouvé d'où elle venait, le moyen de briser votre machine. Il possède de nombreux textes anciens où toutes ces choses sont consignées. Sans doute a-t-il fabriqué une horloge dont le timbre pouvait voyager à travers les dimensions et du fait de son volume et sa fréquence faire éclater le cristal. C'était, je crois, le seul recours qu'avaient contre eux les ennemis du peuple de Soryandum qui vous donna la machine.

— Ainsi c'était bien la main du Ténébreux Empire, dit Hawkmoon. « Mais alors pourquoi ne nous attendaient-ils pas ? »

— Une crise interne peut-être, répondit Orland Fank. « Nous verrons bien. Adieu, mes amis. J'ai l'impression que nous ne tarderons pas à nous revoir. »

Chapitre V

CINQ HÉROS ET UNE HÉROÏNE

Tandis que les grilles du château se refermaient derrière Fank, Noblegent descendait le grand escalier, son visage serein empreint d'une expression inhabituelle. Il avait la démarche raide et le regard lointain.

— Que se passe-t-il, Noblegent ? demanda le comte Airain.

Inquiet, il prit son vieil ami par le bras.

« Vous semblez préoccupé. »

Noblegent secoua la tête.

— Pas préoccupé — déterminé. J'ai pris une décision. Depuis des années ma plume est la seule arme que j'aie brandie, je n'ai rien affronté de plus violent qu'un épineux problème philosophique. A présent je veux une épée pour arme et j'affronterai la puissance de Londra. Je partirai avec vous contre le Ténébreux Empire.

— Mais, objecta Hawkmoon, vous n'êtes pas un guerrier, Noblegent. Votre sérénité et votre sagesse nous encouragent et nous soutiennent tout aussi utilement que n'importe quel camarade de combat.

— C'est possible, mais ce combat sera le dernier. La victoire ou la mort, lui rappela Noblegent. « Si vous ne revenez pas la sagesse ne vous servira plus à rien — et si vous revenez, vous ne montrerez que peu d'intérêt pour mes conseils car vous serez ceux qui auront défait le Ténébreux Empire. Je veux donc prendre l'épée. L'un de ces heaumes miroitants, celui avec le cimier noir est pour moi, je le sais.

Noblegent prit le heaume et, gravement, le posa sur ses épaules. Il lui allait à la perfection et tous y virent ce que Noblegent lui-même voyait : leurs propres visages à la fois réprobateurs et admiratifs.

D'Averc fut le premier à lui tendre la main.

— Parfait, Noblegent. Ce sera un plaisir de voyager pour une fois avec un compagnon aussi sage.

Feignant le courroux, Hawkmoon lui lança un regard sombre, puis s'adressa à Noblegent :

— C'est d'accord, Noblegent, puisque tel est votre désir. Nous serons heureux de votre compagnie. Mais je me demande à qui est destiné le dernier heaume.

— Il est pour moi.

La voix était douce, profonde et pleine de détermination. Hawkmoon se tourna lentement pour regarder son épouse.

— Non, Yisselda, il n'est pas pour vous.

— Comment le savez-vous ?
— Mais...
— Regardez-le donc — celui avec le cimier blanc. Il est plus petit que les autres et irait très bien à un jeune garçon... ou à une femme.
— Oui, convint Hawkmoon de mauvaise grâce.
— Ne suis-je pas la fille du comte Airain ?
— Si, bien sûr.
— Ne suis-je pas capable de monter à cheval aussi bien que vous tous ?
— Si.
— Et comme femme, n'ai-je pas gagné de nombreux lauriers en me battant dans l'arène ? Ne me suis-je pas exercée avec les gardians de Kamarg au maniement de la hache, de l'épée et de la lance-feu ? Père ?
— C'est vrai. Elle était remarquable dans tous ces arts, admit le comte d'un ton posé. Mais cela ne suffit pas à faire un guerrier...
— Ne suis-je pas robuste ?
— Si... Pour une femme... répondit le comte. « Douce et robuste comme la soie, ainsi le chanta un jour notre poète local. »
Il jeta un œil malicieux vers Noblegent qui rougissait.
— Manquerais-je d'endurance, alors ? repartit Yisselda dont les yeux lançaient des éclairs pleins de défi.
— Non... Vous avez de l'endurance plus qu'il n'en faut, dit Hawkmoon.

— De courage ? Manquerais-je de courage ?

— Nul n'est plus courageux que toi, mon enfant, reconnut le comte.

— Dans ce cas, dites-moi quelle est cette vertu mystérieuse que possèdent les guerriers tandis que moi-même en suis dépourvue.

Hawkmoon leva les bras au ciel.

— Je ne sais pas, Yisselda... Néanmoins vous êtes une femme et... et...

— Et une femme ne se bat pas. Elle est seulement bonne à attendre au coin du feu en pleurant ses chers disparus. C'est ce que vous voulez dire ?

— Ou fêter joyeusement leur retour.

— Fêter leur retour ? Non, je n'ai pas la patience. Pourquoi resterais-je toute seule au Château Airain ? Qui m'y protégera ?

— Nous laisserons des gardes.

— Des gardes... qui vous manqueront au combat. Vous savez très bien que le concours de chaque homme vous sera nécessaire et précieux.

— Oui, admit Hawkmoon. Toutefois vous oubliez une chose, Yisselda. Vous portez notre enfant.

— Je ne l'oublie pas. Je porte notre enfant. Oui, et je le porterai dans la bataille. Car si nous sommes vaincus, son seul héritage sera souffrance et désespoir — et si nous gagnons, il connaîtra la joie frénétique de la victoire avant même d'avoir vu le jour. Mais si nous sommes tous tués — eh bien nous mourrons ensemble. Je ne serai pas la veuve de Hawkmoon et ne porterai pas son orphelin. Je ne serai pas en sûreté seule au château, Dorian, je partirai avec vous.

Elle s'avança vers le heaume miroitant, le posa sur ses épaules et, triomphante, tourna gracieusement sur elle-même.

— Voyez. Il me va à la perfection. Il a été forgé tout exprès pour moi. Nous partirons ensemble, tous les six, et conduirons les Kamarguais à l'assaut de l'invincible puissance du Ténébreux Empire... Cinq héros... et, je l'espère, une héroïne !

— Si vous le désirez, murmura Hawkmoon en enlaçant son épouse, si vous le désirez.

CHAPITRE VI

UN NOUVEL ALLIÉ

Loups et Vautours étaient revenus du Continent et se déversaient dans Londre. Arrivaient également Mouches, Rats, Chèvres et Chiens, de même que toutes les bêtes assoiffées de sang de Granbretanne.

Du haut de la tour dont il avait fait son quartier général, Méliadus observait leur entrée. Déferlant de tous côtés, ils commençaient à se battre dès qu'ils avaient franchi les portes de la ville. L'une des légions attira son attention car elle arrivait sous une bannière noire et blanche, signifiant ainsi sa neutralité. Il dut attendre qu'elle approchât pour pouvoir enfin l'identifier.

Intrigué, Méliadus fronça les sourcils.

Il reconnut enfin l'étendard d'Adaz Promp, Grand Connétable de l'Ordre du Chien. Cela signifiait-il qu'il hésitait encore à choisir le camp où il allait se battre ? Ou bien préparait-il un tour à sa façon ? Perplexe, Méliadus caressait le métal froid de son heaume de loup posé près de lui et songeait que l'appui des troupes d'Adaz

Promp lui permettrait de s'attaquer au palais impérial dès à présent.

Depuis quelques jours la bataille était engagée dans une impasse. Méliadus se sentait anxieux, surtout parce qu'il ignorait si l'invention de Taragorm avait réussi à ramener le Château Airain dans leur dimension spatio-temporelle. L'excitation triomphante des premiers moments avait, chez lui, cédé la place à une impatience fébrile.

La porte s'ouvrit. Machinalement, Méliadus saisit son heaume et, tout en se tournant, le posa sur ses épaules.

— Ah, c'est vous, Flana. Que se passe-t-il ?

— Taragorm désire vous voir.

— Taragorm ? A-t-il quoi que ce soit de positif à me dire ?

Le masque d'horloge parut derrière Flana.

— J'espérais que vous-même auriez quelques nouvelles positives à me donner, frère, dit Taragorm d'un ton acide. « Après tout nous n'avons guère amélioré nos positions ces derniers jours. »

— Les renforts arrivent à peine, répliqua Méliadus avec humeur, sa main gantée désignant la fenêtre. « Voyez tous les Loups et les Vautours, et même quelques Furets. »

— Oui, et de même que les renforts pour Huon, en bien plus grand nombre que les nôtres à ce qu'il semble.

— Les nouvelles armes de Kalan devraient

bientôt être prêtes, s'emporta Méliadus. « Grâce à leur concours nous reprendrons l'avantage. »

— Si elles fonctionnent, siffla Taragorm. « Je commence à craindre d'avoir fait une erreur en m'associant à vous. »

— Trop tard, cher frère, trop tard. Essayons de ne pas nous quereller, sinon tout est fini.

— Trop tard, oui. Cela je vous l'accorde. De toute façon si Huon gagne cette bataille, c'est notre ruine à tous.

— Huon ne gagnera pas.

— Il nous faudrait des milliers et des milliers d'hommes pour prendre le palais.

— Nous trouverons des milliers et des milliers d'hommes. Il suffira d'une brèche et la plupart nous rejoindrons.

Sourd à ces arguments, Taragorm se tourna vers Flana.

— Dommage, Flana. Vous auriez fait une très belle reine...

— Elle sera reine, hurla Méliadus, une lueur sauvage dans les yeux, se contenant pour ne pas frapper Taragorm.

« Taragorm ! votre défaitisme frise la traitrise ! »

— Et pour cela me ferez-vous assassiner, frère ? Avec tout mon savoir, je suis le seul à connaître les secrets du Temps.

D'un geste Méliadus écarta cette remarque de son beau-frère.

— Bien sûr que non. Cessons ces discussions stériles et unissons-nous pour vaincre la résistance du palais.

Lassée, Flana quitta la pièce.

— Je dois voir Kalan, poursuivit Méliadus. « Il a subi un grave contretemps car il a dû, en toute hâte, faire transporter tout son matériel dans un nouveau lieu. Allons-y ensemble, Taragorm. »

Ils appelèrent leurs esclaves et, dans leurs litières, se firent transporter le long des sombres corridors et des passerelles tournantes de la tour, jusqu'aux appartements où Kalan venait d'installer ses laboratoires. Dès qu'on leur ouvrit la porte une vague brûlante et nauséabonde les fit suffoquer. En toussant, Méliadus descendit de sa litière pour se précipiter dans la pièce où se tenait Kalan. Son corps décharné nu jusqu'à la taille et son masque toujours sur la tête, ce dernier surveillait le labeur inhumain des savants masqués qui peinaient sous ses ordres.

Kalan eut un geste d'impatience en les voyant.

— Que voulez-vous ? Je n'ai pas de temps à perdre en vaines conversations !

— Nous nous demandions où vous en étiez de vos travaux, Baron, cria Méliadus à travers le bouillonnement qui les assourdissait.

— Ils progressent, ils progressent. Notre équipement est dramatiquement rudimentaire, mais ma machine de guerre presque prête.

Taragorm jeta un regard à l'enchevêtrement

de tubes et de roues d'où provenaient chaleur, vacarme et puanteur.

— Et ceci est une arme ?

— Bientôt, très bientôt.

— Et comment cela fonctionnera-t-il ?

— Qu'on me donne des hommes pour la monter sur le toit et d'ici quelques heures vous verrez vous-même.

Méliadus acquiesça.

— Très bien. Vous rendez-vous compte que tout dépend de votre réussite, Kalan ?

— Oh oui, je m'en rends compte. Je commence également à me maudire pour m'être associé à votre entreprise, Méliadus, mais je suis engagé dans cette voie maintenant et ne puis plus en sortir. Laissez-moi à présent... Je vous enverrai un message dès que mon arme sera prête.

Méliadus et Taragorm s'en retournèrent par les corridors, suivis de leurs esclaves chargés de leurs litières.

— J'espère que Kalan n'a pas complètement perdu la tête, dit Taragorm d'un ton glacé. « Car alors son engin pourrait aussi bien tous nous anéantir en une seconde. »

— Ou ne rien anéantir du tout, ajouta Méliadus maussade.

— Seriez-vous défaitiste vous aussi maintenant, cher frère ?

De retour dans ses appartements, Méliadus

découvrit qu'un visiteur l'y attendait. C'était un personnage corpulent ceint d'une armure recouverte de soie aux teintes criardes et d'un heaume représentant un chien à l'aspect féroce.

— Le baron Adaz Promp, dit Flana Mikosevaar en sortant d'une autre pièce. « Il est arrivé peu après votre départ. »

— Très honoré, Baron, dit Méliadus en s'inclinant cérémonieusement.

Adaz Promp parlait d'une voix douce.

— Pourquoi tout ceci, Méliadus, et dans quel but ?

— Pourquoi ? Pour un retour à une stratégie de nos conquêtes plus rationnelle. Le but ? Donner à la Granbretanne un monarque censé qui respectera les conseils de guerriers aussi expérimentés que nous.

— Vous voulez dire : vos conseils, persifla Promp. Ma foi, je dois avouer que c'était vous que je jugeais insensé, Messire, et non le roi Huon. Du fait, par exemple, de votre acharnement à poursuivre cette vendetta contre Hawkmoon et les siens. Je soupçonnais que seuls votre satisfaction et votre désir de vengeance personnels étaient en jeux.

— Le croyez-vous toujours ?

— Cela m'est complètement égal. Comme vous, je commence à penser que l'existence du Château Airain représente un immense danger pour la Granbretanne et qu'il importe avant tout autre chose d'exterminer Hawkmoon et ses semblables.

— Pourquoi avez-vous changé d'avis, Adaz ?

Méliadus se pencha vers lui, soudain passionnément attentif.

« Pourquoi ? Sauriez-vous quelque chose que moi-même j'ignore ? »

— J'ai quelques soupçons, rien de plus, répondit Adaz Promp d'une voix pesante et solennelle. « Quelques impressions... des doutes... »

— De quelle sorte ?

— Un navire rencontré et abordé dans les mers du nord tandis que nous revenions de Scandia à l'appel de notre empereur. Une rumeur venant de France. C'est tout.

— Un navire ? quel genre de navire ?

— Du genre de ceux ancrés dans le fleuve, sans voiles et avec un engin bizarre à l'arrière. Il dérivait, sérieusement endommagé, et deux hommes blessés étaient à bord. Ils sont morts avant même que nous ayions pu les transporter sur notre vaisseau.

— Le navire de Shenegar Trott. Venant d'Amarehk.

— C'est ce qu'ils nous ont dit, en effet.

— Mais quel rapport cela a-t-il avec Hawkmoon ?

— Ils disaient avoir rencontré Hawkmoon en Amarehk et avoir été blessé par lui lors d'une bataille sanglante dans une ville nommée

Dnark. Selon ces hommes — mais ils déliraient — l'enjeu n'était autre que le Bâton Runique.

— Et c'est Hawkmoon qui a gagné.

— Cela semble, oui. Trott et ses hommes étaient un millier face à quatre adversaires : Hawkmoon et ses trois compagnons.

— Et c'est Hawkmoon qui a gagné !

— Oui. Grâce à l'aide de guerriers surnaturels, d'après celui qui survécut assez longtemps pour bredouiller cette fable, un mélange de fantaisie et de vérité, sans aucun doute. Mais il reste que Hawkmoon s'est rendu victorieux d'une force beaucoup plus puissante que la sienne propre et qu'il a tué Shenegar Trott personnellement. Il semble également qu'il dispose de pouvoirs étranges et inconnus de nous. Ce qui se vérifie d'ailleurs par la façon dont ils parvinrent à nous échapper la dernière fois. J'en viens à mon second récit que je tiens de la bouche d'un de vos Loups avec qui nous avons fait route jusqu'à Londra.

— Racontez.

— Il a entendu dire que le Château Airain avait réapparu et que Hawkmoon et les autres avaient pris une ville au nord de la Kamarg en exterminant les hommes du Ténébreux Empire qui l'occupaient. Ce n'est qu'une rumeur assez peu crédible. Comment Hawkmoon aurait-il pu lever une armée en si peu de temps ?

— Ce genre de rumeurs est très fréquent en période de guerre, dit Méliadus songeur, mais ce n'est pas impossible. Ainsi maintenant vous croyez que Hawkmoon représente un danger bien plus redoutable que ne le pensait Huon ?

— Ce n'est qu'une impression — mais que je devine assez sérieusement fondée. Mais il y a d'autres éléments qui interviennent dans mon choix, Méliadus. Je considère que nous devons en finir avec cette bataille aussi promptement que possible car si Hawkmoon possède une armée — recrutée en Amarehk, peut-être — nous ne devons surtout pas remettre le moment de l'écraser. Je suis avec vous, Méliadus. Je peux mettre un demi-million de Chiens à votre disposition d'ici demain.

— Avec les troupes que je commande, pensez-vous disposer de suffisamment d'hommes pour prendre le palais d'assaut ?

— Peut-être, si l'artillerie peut nous couvrir.

— L'artillerie vous couvrira, n'ayez crainte.

Méliadus serra la main de Promp.

— Oh, Baron, je sens que nous serons victorieux dès demain !

— Mais je me demande combien vivront encore pour fêter cette victoire, répondit Promp. L'assaut du palais va sans doute nous coûter plusieurs milliers de vies humaines — sinon plusieurs centaines de milliers.

— Ce ne sera pas en vain, Baron. Croyez-moi, ce ne sera pas en vain.

Méliadus exultait à l'idée d'une victoire prochaine contre Huon et surtout à l'idée de posséder à nouveau tout pouvoir sur Hawkmoon — en particulier si Kalan, comme il le lui avait promis, parvenait à régénérer le Joyau Noir.

CHAPITRE VII

LA BATAILLE AU PALAIS DU ROI HUON

Meliadus contemplait les guerriers de l'ordre du Serpent qui installaient la lourde machine sur le toit de son quartier-général. Ils se trouvaient loin au-dessus de la rue mais à peu de distance du palais autour duquel la bataille faisait rage. Adaz Promp n'avait pas encore engagé ses légions ; avant de lancer une attaque frontale contre les portes du palais, il attendait que les machines de Kalan aient produit leur effet. Ce monument colossal semblait pouvoir résister à n'importe quelle entreprise, voire à la fin du monde. Il élançait fièrement sa haute silhouette vers le ciel lourd et bas. Quatre hautes tours qui dégageaient une étrange lueur dorée, le flanquaient aux quatre angles ; partout couraient de grotesques bas-reliefs figurant les heures glorieuses de la Granbretanne ; scintillant de mille feux, à l'abri de ses gigantesques portails d'acier d'un mètre d'épaisseur, le palais du roi Huon semblait contempler d'un œil méprisant les factions qui se déchiraient à ses pieds.

L'espace d'un instant, Méliadus se sentit lui aussi écrasé par la masse imposante du château, mais d'un geste il chassa le doute qui commençait à s'emparer de son âme et il reporta toute son attention à la machine de Kalan. D'une masse inextricable de tubes et de câbles d'acier, émergeait une sorte d'entonnoir, semblable à une cloche ou au pavillon d'une gigantesque trompette dirigé vers les murailles du palais. Sur les chemins de ronde, une multitude de guerriers se pressait en rangs serrés. A leurs masques et à leurs bannières on reconnaissait bien sûr l'Ordre de la Mante, mais il y avait là aussi les soldats de l'ordre du Cochon et de la Mouche. A l'extérieur de la ville, les légions des autres ordres s'apprêtaient à fondre sur les arrières de Méliadus qui savait que le temps lui était compté. S'il parvenait à forcer les portes du palais, il pouvait espérer voir ces légions se ranger à ses côtés ; dans le cas contraire...

— Tout est prêt ! annonça Kalan.

— Eh bien allez-y répondit sauvagement Méliadus. « Dirigez-la sur les troupes qui garnissent les remparts. »

Kalan s'éloigna, et sur son ordre les Serpents se mirent à s'affairer autour de la machine. Kalan s'agenouilla et saisit un grand levier, puis il tourna son visage vers le ciel comme s'il murmurait une dernière prière et brusquement tira le levier à lui.

La machine frémit, un nuage de fumée l'enveloppa puis un formidable grondement se fit entendre et une énorme bulle verte qui dégageait une chaleur intense apparut au sortir du pavillon. La bulle gagna en grosseur, se détacha lentement de la machine et se dirigea vers les murailles.

Fascinés, Méliadus contemplait l'étrange nuée verte qui enveloppait maintenant une première rangée de guerriers. Avec délectation, il savoura les hurlements d'épouvante qui s'évanouissaient peu à peu dans la brume meurtrière. La bulle de chaleur poursuivit sa course sur le chemin de ronde, engloutissant au passage ses proies humaines, avant de s'immobiliser brusquement, s'affaisser et dégouliner le long du mur en un serpentin visqueux.

— Tout est perdu ! La bulle a disparu !

Méliadus hurlait de rage.

— Patience, Méliadus, tonna Kalan.

Ses hommes augmentèrent la hausse de quelques degrés.

« Regardez ! »

Une nouvelle fois il tira le levier, la machine trembla, gronda, et une nouvelle bulle verte émergea du pavillon. Pour la deuxième fois, l'énorme boule parcourut les remparts, semant la mort sur son passage jusqu'à-ce que — sa course ayant été plus longue — il ne restât plus un homme au faîte de la muraille. Enfin, comme la première, elle se liquéfia.

— Et maintenant projetons les au-dessus du mur ; et à nouveau, Kalan tira le levier à lui.

Mais cette fois-ci, il n'attendit pas que la bulle ait accompli son œuvre pour tirer à nouveau, en sorte que bientôt une vingtaine de projectiles eurent atteint la grande cour intérieure. Totalement absorbé par sa tâche, Kalan se démenait furieusement sur la machine qui tremblait et grondait en crachant ses vapeurs suffocantes.

— Cette substance détruit tout ! Kalan était au comble de l'excitation. « Tout »

Il tendit le doigt :

« Regardez ce qu'elle provoque sur les murs ! »

Le liquide visqueux se frayait un passage à travers la pierre. Des pans entiers de bas-reliefs se détachaient, obligeant même les assaillants à reculer. La substance verte s'enfonçait dans la muraille comme de l'huile bouillante jetée sur de la glace.

— Mais nos hommes ne vont plus pouvoir pénétrer à l'intérieur, se plaignit Méliadus, « cette chose dévore tout sans distinction. »

Kalan eut un petit rire étouffé.

— N'ayez pas peur, cette substance n'est virulente que pendant quelques minutes.

Et il actionna le levier, projetant une autre boule verte au-dessus des murailles. Une large portion de mur s'effondra dans un nuage de poussière, ménageant une voie royale pour les troupes de Méliadus. Le Grand Connétable de l'Ordre du Loup ne se tenait plus de joie.

Brusquement, un long sifflement monta de la machine ; Kalan se précipita et se mit à farfouiller dans le tableau de commande en lançant des ordres à ses hommes d'une voix rauque.

Taragorm apparut sur le toit et salua Méliadus.

— Je vois que j'avais sous-estimé Kalan.

Puis, se tournant vers le Serpent :

« Félicitations, Kalan. »

Les yeux brillants, Kalan s'agitait en tout sens.

— Vous voyez, Taragorm, vous voyez, ça marche ! Pourquoi n'essayeriez-vous pas ? Il suffit de tirer ce levier.

Taragorm saisit fermement le levier à deux mains et se tourna vers le palais. Là-bas, les troupes du roi Huon refluaient en désordre à l'intérieur de l'enceinte, poursuivis par les bulles meurtrières. Soudain, la flamme d'un canon jaillit des murailles du palais ; les hommes de Huon avaient enfin réussi à mettre leurs pièces en batterie. Plusieurs langues de feu rugirent au-dessus de leurs têtes, tandis que d'autres venaient lécher les murs, noircissant à peine les pierres.

— Ces engins ne peuvent rien contre ma machine, dit Kalan en ricanant.

« Pointez le pavillon dans cette direction, Taragorm, dit-il en indiquant les fenêtres d'où émergeaient les larges gueules des canons, « et faites partir une bulle. »

Taragorm semblait aussi absorbé que Kalan par sa nouvelle tâche et Méliadus sourit en voyant les deux savants s'amuser comme des enfants avec leur nouveau jouet. Il se sentait enclin à toutes les indulgences, maintenant que de toute évidence la victoire lui était acquise grâce à la machine de Kalan. Il était temps de rejoindre Adaz Promp et de se mettre à la tête de ses troupes.

Il descendit l'escalier intérieur de la tour et fit demander sa litière. Il s'installa confortablement et un sourire de triomphe se dessina sur ses lèvres.

Brusquement, une violente déflagration fit trembler l'édifice au-dessus de lui. Il sauta à bas de sa litière et revint sur ses pas en courant. Il approchait de la plate-forme en terrasse, lorsqu'une chaleur de fournaise le força à reculer. Kalan, le masque bosselé et à moitié arraché, émergea de l'épaisse fumée qui envahissait l'escalier.

— Fuyons, hurla-t-il, « la machine a explosé ; par bonheur, je me trouvais près de la porte, sans cela j'aurais été tué. La substance se répand partout ; en arrière ou nous allons être engloutis. »

— Et Taragorm, qu'est-il advenu de lui ?

— Il ne doit plus rien en rester, répondit

Kalan, « vite Méliadus, quittons la tour pendant qu'il est encore temps ! »

— Ainsi Taragorm est mort... et cela juste après avoir accompli mes desseins.

Méliadus redescendit les degrés à la suite de Kalan.

« je savais qu'il m'aurait posé des problèmes après la chute du roi Huon ; tôt ou tard il aurait fallu trouver une solution. Maintenant la question est réglée. Pauvre frère Taragorm !

Et Méliadus éclata de rire.

Chapitre VIII

FLANA OBSERVE LA BATAILLE

Du haut de sa tour, Flana contemplait les combats qui faisaient rage à ses pieds. Elle vit les soldats s'engouffrer dans les brêches béantes de la muraille puis la haute tour qui servait de quartier-général à Méliadus vaciller un instant avant de s'écrouler dans un bruit de tonnerre sur les bas-quartiers de la ville.

Elle crut tout d'abord que Méliadus avait péri, mais peu de temps après elle aperçut sa bannière qui flottait au milieu de ses troupes. Au sein de la mêlée, elle distingua également l'étendard d'Adaz Promp ; ainsi, songea-t-elle, Chiens et Loups, rivaux de toujours, combattaient maintenant ensemble les guerriers du roi Huon.

La bataille emplissait l'air de ses clameurs. Les artilleurs s'efforçaient en vain d'abaisser et de raccourcir leur tir pour tenter d'endiguer le flot des assaillants qui avaient envahi la grande cour du palais. Mais les canons avaient été disposés en prévision d'un siège prolongé et il s'avérait impossible de les déplacer en peu de temps. Les troupes rebelles ne trouvaient en face d'elles que quelques rares lances-feu.

Flana se mit à songer à D'Averc, et le bruit des combats sembla s'estomper ; le reverrait-elle un jour ? Les nouvelles qu'avait ramenées Adaz Promp étaient encourageantes ; si Hawkmoon vivait, D'Averc devait être vivant aussi.

Mais pour combien de temps encore ? S'il persistait à vouloir s'opposer à la Granbretanne, il le payerait immanquablement de sa vie. Et même s'il ne mourrait pas tout de suite, il mènerait la vie d'un proscrit, traqué de toutes parts, car personne ne pouvait espérer tenir tête longtemps au Ténébreux Empire. Hawkmoon, D'Averc et les autres périraient tôt ou tard sur quelque lointain champ de bataille. Peut-être pourraient-ils atteindre les côtes avant d'être massacrés, mais jamais la guerilla kamarguaise ne parviendrait à passer le pont d'Argent qui franchissait la mer.

Un instant, Flana songea au suicide, mais elle écarta résolument cette idée ; lorsque tout espoir serait perdu, pas avant. Et puis, si elle était couronnée reine, elle disposerait d'un certain pouvoir ; peut-être Méliadus épargnerait-il D'Averc, car malgré la trahison du Français, il éprouvait moins de haine pour lui que pour Hawkmoon.

Une immense clameur la tira de ses pensées.

Méliadus et Adaz Promp pénétraient dans le palais. à la tête de leurs guerriers. La victoire était proche.

CHAPITRE IX

LA MORT DU ROI HUON

Sur son cheval noir, le baron Méliadus filait à toute allure à travers les galeries où retentissait le vacarme de la bataille. Il avait souvent parcouru ce chemin, les yeux baissés dans une attitude d'humilité réelle ou feinte. A présent il gardait la tête haute sous son heaume de loup aux babines retroussées ; un cri de guerre sauvage jaillissait de sa gorge et sa grande épée noire si vaillamment brandie au service du roi Huon, décimait les rangs des gardes de la Mante qu'un jour maudit il avait dû craindre. Son cheval se cabrait. Les sabots qui avaient foulé le sol de tant de contrées soumises, piétinaient furieusement les hommes aux masques d'insectes dont les os se brisaient avec un bruit sinistre.

Méliadus riait et rugissait en galopant vers la salle du trône où s'étaient rassemblés les derniers défenseurs du roi. Il pouvait les voir au fond de la galerie s'affairer autour d'un canon-lance-flammes. Suivi d'une douzaine de Loups, sans prendre garde au danger, il s'élança vers les guerriers frappés de stupeur. Six têtes volèrent et en quelques secondes tous les artilleurs étaient morts, décapités. La flamme d'un lance-feu crépita autour du sombre masque de loup, mais Méliadus ne s'en soucia pas. Son cheval dont les yeux jetaient des éclairs de folie bondissait en avant droit sur l'ennemi.

Méliadus refoulait et frappait impitoyablement les gardes qui mouraient convaincus de son pouvoir surnaturel.

Mais c'était une énergie sauvage, la frénésie guerrière, qui poussait Méliadus de Kroiden à franchir le lourd portail de la salle du trône à la rencontre des quelques derniers survivants pris de panique. La plupart de leurs compagnons étaient tombés devant le portail ; les lances pointées en avant, ils avançaient lentement. Mais rien ne pouvait arrêter Méliadus qui, toujours au grand galop, exultant, un rire de triomphe aux lèvres, traversa sans mal la fragile barrière. Plus aucun obstacle ne le séparait de la Sphère Impériale devant laquelle quelques jours auparavant il s'était prosterné.

Des reflets miroitants rompirent l'opacité du globe noir et peu à peu apparut la silhouette recroquevillée de l'immortel roi-empereur. Tel un poisson mal formé, le misérable foetus frétillait et tournait sans cesse en mouvements affolés, prisonnier du globe qui le maintenait dans une vie éternelle et confinée. Nul ne le défendait plus, nul ne pouvait plus l'aider. Tout au long des deux mille ans de son règne, deux mille ans de sagesse, il n'avait jamais songé à se protéger, ni même jamais imaginé qu'un seigneur de Granbretanne pût de la sorte trahir son souverain héréditaire.

— Méliadus...

La voix chaude et vibrante était altérée par la frayeur.

« Méliadus — Vous êtes un dément. Ecoutez — votre roi-empereur vous parle. Je vous ordonne de quitter ce lieu, de retirer vos troupes et de me prêter serment de fidélité. Méliadus ! »

Les yeux noirs, autrefois si perçants et ironiques, étaient aujourd'hui pleins de terreur animale. La langue préhensible pointée en avant tremblotait comme celle d'un serpent. Les mains et les pieds inutiles et atrophiés s'agitaient en tout sens.

— Méliadus !

Hurlant un cri de victoire, Méliadus leva sa grande épée et en frappa la Sphère Impériale. Une violente secousse parcourut son corps tout entier dès que la lame pénétra dans le globe. Il y eut une explosion blanche, un long gémissement, un fracas de verre brisé tombant sur le sol et Méliadus sentit le fluide l'éclabousser.

Il cligna des yeux, s'attendant à voir sur le sol la minuscule silhouette entortillée de son roi-empereur mort, mais il ne vit rien, il était plongé dans l'obscurité la plus profonde.

Son cri de victoire se changea en hurlement de terreur.

— Par les Dents de Huon ! JE SUIS AVEUGLE !

CHAPITRE X

LES HEROS

— Le fort flambe très bien, cria Oladahn, en se retournant sur sa selle pour regarder une dernière fois le bâtiment qui avait abrité une garnison d'infanterie de l'Ordre du Rat. Il n'en restait plus un seul en vie à part leur commandant qui mettrait un certain temps à trépasser car les citoyens de la ville l'avait crucifié sur l'échafaud où tant de leurs époux, épouses et enfants étaient morts.

Six heaumes miroitants filaient vers l'horizon ; Hawkmoon, Yisselda, le comte Airain, D'Averc, Oladahn et Noblegent quittaient la ville à la tête de cinq cents Kamarguais armés de lances-feu.

Leur première bataille depuis leur départ de Kamarg se terminait par une victoire totale. La surprise aidant ils avaient anéanti la garnison squelettique en moins d'une demi-heure.

Hawkmoon ne sentait guère en lui de frénésie guerrière, mais il était déterminé et entendait ne pas ménager sa peine ; déjà il conduisait ses compagnons vers une nouvelle ville où il savait trouver un plus grand nombre encore de Granbretons à exterminer.

Soudain il tira les rênes de son cheval car un cavalier venait à leur rencontre et il identifia la puissante silhouette d'Orland Fank avec sa hache-d'armes qui dansait derrière lui au rythme du galop.

— Salutations, amis ! Je vous apporte des nouvelles, une réponse aux questions que vous vous posiez. Les monstres s'entre-dévorent. Il y a une guerre civile en Granbretanne. Londra est à feu et à sang. Méliadus a pris les armes contre le roi Huon. Il y a déjà des milliers de morts.

— Voilà qui explique leur nombre réduit sur le continent, dit Hawkmoon en ôtant son heaume miroitant pour s'essuyer le visage avec un mouchoir de soie.

Cela faisait des mois qu'il n'avait plus porté d'armure et elle lui semblait à présent fort inconfortable.

« On les a tous rappelés pour défendre Huon. »

— Où se battre aux côtés de Méliadus. La situation nous est favorable, ne trouvez-vous pas ?

— Si.

Dans la voix bourrue du comte Airain perçait une nuance d'excitation assez inhabituelle.

« Ils nous facilitent la tâche en se détruisant les uns les autres. Pendant qu'ils se battent filons vers le Pont d'Argent, traversons-le et pénétrons en Granbretanne. La chance nous sourit, Maître Fank !

— Chance — Fatalité — Destin, répondit Fank d'un ton léger, « appelez cela comme vous voudrez. »

— Dans ce cas nous devons rejoindre la mer au plus vite, dit Yisselda.

— Au plus vite, oui, pour profiter de la confusion.

— Voilà une résolution pleine de sagesse, acquiesça Fank, et comme je suis moi-même un homme plein de sagesse, je viendrai avec vous.

— Soyez le bienvenu, Maître Fank.

CHAPITRE XI

DES NOUVELLES DE TOUTES SORTES

Méliadus gisait en gémissant tandis que Kalan, penché sur lui, examinait ses yeux aveugles à l'aide de différents instruments. Sa voix était altérée à la fois par la souffrance et la rage.

— Que se passe-t-il, Kalan, grondait-il. Pourquoi suis-je aveugle ?

— Tout simplement à cause de l'intensité lumineuse durant l'explosion, dit Kalan. D'ici un jour ou deux la vue vous reviendra.

— Un jour ou deux ! Mais j'ai besoin de voir ! Il me faut affermir mes positions, m'assurer que nul ne fomente de conspiration, convaincre dès à présent les autres barons de jurer fidélité à Flana. Et je dois savoir où en est Hawkmoon. Mes plans — tous mes plans sont réduits à néant !

— La plupart des barons sont déjà ralliés à votre cause, lui dit Kalan. Ils n'ont pas d'autre issue. Seul Jerek Nankenseen et ses Mouches menacent encore votre suprématie. Brenal Farnu est avec lui, certes... Mais Farnu a perdu presque tous ses Rats et n'a pratiquement plus aucun pouvoir, son Ordre n'existe plus. Adaz Promp continue d'ailleurs à pourchasser les quelques rares survivants.

— Plus de Rats, dit Méliadus soudain pensif. Combien de morts y a-t-il, d'après vous, Kalan ?

— A peu près la moitié des guerriers de Granbretanne.

— La moitié ? La moitié de notre armée ? J'ai détruit la moitié de notre puissance ?

— Votre victoire n'en valait-elle pas la peine ?

Le regard aveugle de Méliadus fixait le plafond.

— Si — Je suppose...

Il se redressa sur sa civière.

— Mais il me faut justifier ce carnage, Kalan. C'était pour la Granbretanne... pour débarrasser le monde de Hawkmoon et de la vermine du Château Airain. Je dois réussir maintenant, Kalan, ou il me sera impossible de justifier un tel affaiblissement des forces du Ténébreux Empire !

— Vous n'avez rien à craindre sur ce point, répondit Kalan avec un léger sourire, car j'ai travaillé avec acharnement sur une autre de mes machines.

— Une arme nouvelle ?

— Non, une ancienne que j'ai réussi à remettre en marche.

— Laquelle ?

Kalan pouffa.

— La Machine du Joyau Noir, Baron. Hawkmoon sera bientôt en notre pouvoir de nouveau et le Joyau Noir va dévorer son esprit.

Une expression de profonde satisfaction s'imprima sur le visage de Méliadus.

— Enfin... Oh, Kalan ! Enfin !

Kalan força Méliadus à s'étendre sur la civière et passa un onguent sur ses yeux.

— Reposez-vous maintenant, rêvez de votre revanche. Nous nous en réjouirons ensemble.

Tout à coup Kalan leva les yeux. Un messager venait d'arriver.

— Que se passe-t-il ? Quelles sont les nouvelles ?

— Je viens du Continent, Votre Excellence, haleta le messager. Hawkmoon et ses hommes...

— Où sont-ils ?

Oubliant qu'il se montrait sans masque devant un serviteur, Méliadus se dressa à nouveau, faisant couler l'onguent dans son cou.

« Que fait Hawkmoon ? »

— Ils approchent du Pont d'Argent, Messire.

— Ont-ils l'intention d'envahir la Granbretanne ?

Méliadus était incrédule.

« Combien sont-ils ? A quoi ressemble leur armée ?

— Cinq cents cavaliers, Messire.

Méliadus éclata de rire.

CHAPITRE XII

LA NOUVELLE REINE

Kalan aida Méliadus à gravir les marches menant au trône qui avait pris la place de la Sphère Impériale détruite. Là se tenait Flana, une couronne sur la tête, en robe d'apparat et le visage dissimulé par un masque de héron orné de joyaux rutilants. Devant elle venaient s'agenouiller tous les nobles de Granbretanne pour lui jurer fidélité.

— Voici, dit Méliadus d'une voix fière et retentissante, votre nouvelle reine. Sous le règne de la Reine Flana vous serez puissants — plus puissants que dans vos rêves les plus insensés. Sous le règne de la Reine Flana un nouvel âge fleurira — un âge de fantaisie sanglante et de plaisir sauvage, seul plaisir qui sache nous divertir, nous, le peuple de Granbretanne. Le monde sera notre jouet !

Un à un les barons se présentaient devant la reine pour lui prêter serment d'allégeance. A la fin de la cérémonie, le baron Méliadus reprit la parole.

— Où est Adaz Promp, Premier Seigneur de la Guerre des Armées de Granbretanne ?

Une voix s'éleva.

— Je suis ici, Messire, et je vous remercie pour l'honneur qui m'est fait.

Ainsi, pour la première fois, Méliadus annonçait que Promp allait prendre le commandement suprême, grade que lui seul, Méliadus, surpassait.

— Qu'en est-il des rebelles, Adaz Promp ?

— Rares sont ceux qui survivent encore, Messire. Les Mouches que nous n'avons pas écrasées se sont dispersées et leur Grand Connétable, Jerek Nankenseen, est mort. Je l'ai tué personnellement. Brenal Farnu et ses quelques Rats sont partis se terrer quelque part dans le Sussex et seront bientôt exterminés jusqu'au dernier. Tous les autres se sont unis à nous pour prêter serment à la Reine Flana.

— Très bien, Adaz Promp. Je suis satisfait. Donnez-nous des nouvelles de la grotesque armée que dirige Hawkmoon. Progresse-t-elle toujours vers nous ?

— Des ornithoptères sont partis en éclaireurs, Messire, et rapportent que Hawkmoon et son armée s'apprêtent à traverser le Pont d'Argent.

Méliadus ricanait.

— Qu'ils traversent. Qu'on les laisse avancer

jusqu'à mi-chemin entre le Pont et la cité, puis nous les anéantirons. Kalan, où en êtes-vous de vos travaux ?

— La machine est presque prête, Messire.

— Très bien. A présent, il nous faut partir pour Deau-Vere pour accueillir comme il se doit Hawkmoon et ses amis. Allons-y mes capitaines, allons-y.

Kalan aida Méliadus à redescendre les marches et le guida à travers la salle du trône jusqu'au grand portail gardé par les Loups et les Vautours qui avaient remplacé les Mantes. Méliadus maudissait la cécité qui l'empêchait de les voir et de savourer son triomphe.

Les portes se refermèrent sur lui et Flana demeura, pétrifiée sur le trône, en pensant à D'Averc. Elle avait tenté d'en parler à Méliadus mais il n'avait rien entendu. Serait-il tué ? Elle n'osait l'imaginer.

Elle songeait à son étrange destin. Elle était la seule parmi tous les nobles de Granbretanne, à part Shenegar Trott, à avoir lu de nombreux textes anciens, des légendes et des récits datant des années ayant précédé le Tragique Millénaire. Elle savait que, quoi qu'il leur arrivât à elle et à Méliadus, la cour sur laquelle elle régnait maintenant accédait au dernier stade de sa décadence. Les guerres d'expansion, les troubles internes étaient des signes d'une nation à l'agonie, et même si la mort ne venait pas avant deux cents, cinq cents ou mille années, elle savait que c'en était fini du Ténébreux Empire.

Elle espérait que quelque chose de meilleur viendrait le remplacer.

CHAPITRE XIII

QUE VOYEZ-VOUS ?

Méliadus tenait les rênes du cheval de son héraut.

— Il ne faut surtout pas t'éloigner de moi, mon garçon. Tu dois me dire ce que tu vois et ainsi je pourrai diriger la bataille.

— Je vous raconterai tout au fur et à mesure, Messire.

— Très bien. Les troupes sont-elles rassemblées ?

— Oui, Messire. Elles attendent votre signal.

— Et Hawkmoon le bâtard est-il en vue ?

— On a vu des silhouettes galoper sur le Pont d'Argent. Il se dirigent droit vers nous et, à moins de savoir voler, ne pourront nous éviter.

Méliadus grognait de plaisir.

— Ils ne s'envoleront pas — pas Hawkmoon — plus maintenant. Ne les vois-tu pas encore ?

— Je vois un éclair d'argent dans le lointain — comme les signaux d'un héliographe — Il y en a six. Ils étincellent dans le soleil. Six miroirs d'argent. Je me demande ce que cela signifie.

— Des lances qui brillent au soleil ?

— Je ne crois pas.

— Eh bien, nous ne tarderons pas à le savoir.

— En effet, Messire.

— Et maintenant ?

— Je vois six cavaliers, qui galopent en tête d'un grand nombre d'autres guerriers. Chacun de ces six cavaliers semble porter une couronne de lumière argentée. Oh, Messire, ce sont leurs casques qui étincellent ainsi ! Leurs casques !

— Des casques soigneusement polis ?

— Des heaumes recouvrent leurs visages. Je... Je parviens à peine à les regarder, tant ils brillent.

— Etrange. De toute façon ces heaumes, nous les foulerons bientôt aux pieds. Tu leur as bien dit qu'ils peuvent les tuer, excepté Hawkmoon. Je le veux vivant.

— Oui, Messire.

— Très bien.

— Et comme vous l'avez ordonné, je leur ai expliqué de vous avertir s'ils voyaient Hawkmoon se prendre la tête dans les mains en se comportant bizarrement.

— Parfait.

Méliadus était secoué d'un petit rire satisfait. « Parfait. Je tiens ma vengeance, quoi qu'il arrive. »

— Ils vont bientôt arriver au bout du Pont. Ils nous ont vus mais ne s'arrêtent pas.

— Chargeons, dans ce cas, donne le signal, dit Méliadus, souffle dans ta trompette, héraut.

— « Chargent-ils, héraut ? »

— Oui, Messire.

— Et maintenant, que se passe-t-il ? Se sont-ils rencontrés ?

— Oui, Messire, la bataille est engagée.

— Et alors ?

— Je — Je ne suis pas sûr, je suis ébloui — ces heaumes qui étincellent... et il y a une étrange lumière rouge... L'armée de Hawkmoon semble soudain beaucoup plus nombreuse... Une infanterie — une cavalerie... Par les Dents de Huon — Pardon, Messire — Par les Seins de Flana ! Ce sont les guerriers les plus surprenants que j'aie jamais vus !

— Comment sont-ils ?

— Des barbares — des sauvages — d'une férocité inouïe ! Ils se jouent de nos forces avec une facilité invraisemblable !

— Quoi ? Impossible ! Nous sommes cinq milles, ils sont cinq cents. Tous les rapports s'accordaient sur ce nombre.

— Ils sont plus nombreux, Messire. Beaucoup plus !

— Tous les éclaireurs auraient menti, alors ? Ou sommes-nous tous devenus fous ? Ces guerriers sauvages viennent sans doute d'Amarehk, en même temps que Hawkmoon. Et maintenant ? Que se passe-t-il ? Nos forces reprennent-elles le dessus ?

— Non, Messire.

— Mais que font-ils donc ?

— Ils reculent.

— Ils se retirent ? Impossible !

— C'est la débandade, Messire ! Pour ceux qui ont la chance de n'être pas tombés !

— Que dis-tu ? Que reste-t-il de nos cinq milles hommes ?

— Peut-être cinq cents, pour l'infanterie, et à peine une centaine de cavaliers.

— Que le pilote de mon ornithoptère se prépare.

— Bien, Messire.

— Sommes-nous prêts à décoller, héraut ?

— Oui, Messire.

— Que font Hawkmoon et sa bande ? Ceux avec les heaumes d'argent ?

— Ils pourchassent nos survivants.

— J'ai été victime d'une imposture !

— Sans aucun doute, Messire. Il y a de nombreux morts. Maintenant, les guerriers sauvages exterminent notre infanterie. Seuls les cavaliers parviennent à s'enfuir.

— Je ne peux pas y croire. Maudite soit ma cécité ! J'ai l'impression de vivre un cauchemar !

— Je vais vous conduire à votre ornithoptère, Messire.

— Merci, héraut. A Londra, pilote. Dépêchons-nous. Je dois revoir tous mes plans !

Alors que son ornithoptère s'élevait dans le ciel livide, un grand éclair d'argent passa devant les yeux de Méliadus. Il cilla, puis regarda. Enfin il put voir... Voir les six heaumes étincelants, ses légions décimées... Il voyait s'enfuir sa cavalerie terrorisée et, dans le lointain, pouvait entendre le rire triomphant de son pire ennemi.

Fou de rage, il tendit le poing.

— Hawkmoon ! Je te prépare une surprise !

Un des heaumes regarda vers ciel, faisant jaillir une lueur d'argent.

— Peut importent les artifices dont tu te sers, Hawkmoon. Avant la nuit, tu périras. Je le sais ! Je le sais !

Hawkmoon riait toujours et Méliadus était au comble de la fureur. Il cherchait des yeux les guerriers sauvages qui avaient mis son armée en déroute, mais ne les voyait pas.

Où était la supercherie ? Le héraut était-il de connivence avec Hawkmoon ? Ou les sauvages étaient-ils, pour quelque mystérieuse raison, invisibles à ses yeux ?

Il se frottait le visage. Peut-être la cécité récemment guérie était-elle la cause de troubles étranges ? Peut-être les sauvages étaient-ils partis un peu plus loin sur le champ de bataille ?

Mais il avait beau chercher, il ne voyait rien, pas le moindre barbare.

— Plus vite, pilote ! cria-t-il dans le fracas des ailes métalliques. Plus vite !

Méliadus commença à craindre que la défaite

de Hawkmoon ne fût pas si aisée à obtenir qu'il l'avait tout d'abord crû. Mais, en pensant à Kalan et à la Machine du Joyau Noir, le sourire lui revint.

CHAPITRE XIV

LE JOYAU NOIR RÉGÉNÉRÉ

Presque indifférents à cette victoire où ils n'avaient eu à subir que douze morts et vingt blessés légers, les six héros ôtèrent leurs heaumes miroitants et contemplèrent tranquillement les cavaliers en fuite.

— Ils avaient compté sans les Légions de l'Aurore, dit le comte Airain en souriant. Pétrifiés de surprise, ils pouvaient difficilement résister. Mais il seront mieux préparés pour notre arrivée à Londra.

— Sans doute, dit Hawkmoon, et Méliadus ne manquera pas de nous opposer un bien plus grand nombre de guerriers.

Tout en caressant distraitement l'Amulette Rouge qui pendait à son cou, Hawkmoon jeta un long regard à Yisselda dont les blonds cheveux dansaient dans le vent.

— Vous vous êtes bien battu, dit-elle, vous sembliez multiplié par cent.

— L'Amulette me donne la force d'une cinquantaine d'hommes et votre amour la force d'une autre cinquantaine.

Elle riait doucement.

— Vous ne me flattiez pas tant lors de notre lune de miel.

— Peut-être parce que je vous aime encore plus aujourd'hui.

D'Averc s'éclaircit la gorge.

— Nous ferions mieux d'établir notre camp à une lieue ou deux, loin de toute cette mort.

— Je vais m'occuper des blessés, dit Noblegent en faisant volter sa monture pour rejoindre les cavaliers kamarguais qui avaient mis pied à terre et discutaient par petits groupes, près de leurs chevaux.

— Beau travail, les gars, leur cria le comte Airain. Comme dans le bon vieux temps, non ? Nous nous battions à travers l'Europe ! A présent nous combattons pour la sauver.

Hawkmoon allait prendre la parole, lorsqu'il poussa un terrible hurlement. Son heaume lui échappa et il porta ses deux mains à sa tête, le visage tordu d'horreur et de souffrance. Il vacilla et serait tombé sans le secours d'Oladahn.

— Que se passe-t-il, Duc Dorian, lui demanda-t-il affolé.

— Qu'est-ce qui vous fait souffrir, mon amour ? dit Yisselda en se précipitant pour aider Oladahn à le soutenir.

Les dents serrées, les lèvres pâles, Hawkmoon parvint néanmoins à articuler quelques mots.

— Le... Le... Joyau... Le Joyau Noir... re... recommence à dévorer mon cerveau ! Il revit !

Il chancela encore, puis s'écroula inanimé entre leurs bras. Son visage était d'une blancheur mortelle et ses mains en retombant révélèrent qu'il ne s'était pas trompé. Le Joyau Noir palpitait de nouveau, plein de vie. Il avait retrouvé son lustre et brillait tel un œil malveillant.

— Oladahn, il est mort ? s'écria Yisselda, horrifiée.

Le petit homme secoua la tête.

— Non — Il est vivant. Mais pour combien de temps, je l'ignore. Noblegent ! Messire Noblegent !

Noblegent revint en courant. Ce n'était pas la première fois qu'il voyait le Duc de Köln en proie à un tel mal et il blémit.

— Je vais tenter un remède provisoire, bien que tous mes instruments soient restés au Château Airain.

D'Averc et le comte les rejoignirent bientôt et regardaient avec anxiété Noblegent penché sur Hawkmoon. Enfin, après un long moment, Hawkmoon bougea et ouvrit les yeux.

— Le Joyau, dit-il. Je rêvais qu'il me dévorait le cerveau...

— Ce qu'il fera si nous ne trouvons sans tarder le moyen d'en annihiler le pouvoir, murmura Noblegent. J'ai réussi à le neutraliser pour quelque temps, mais il est impossible de savoir quand, ni avec quelle force il reviendra.

Hawkmoon se releva avec grand peine. Il était livide.

— Nous n'avons plus une seconde à perdre, donc. Marchons sur Londra pendant qu'il est encore temps. S'il n'est pas déjà trop tard.

Noblegent acquiesça gravement.

Chapitre XV

LES PORTES DE LONDRA

Lorsque les six cavaliers parvinrent au faîte de la colline, les troupes les attendaient déjà, massées devant les portes de la cité.

Hawkmoon, ivre de souffrance, serrait l'Amulette Rouge entre ses doigts. Elle seule le maintenait en vie, il le savait, en l'aidant à combattre le pouvoir du Joyau Noir. Quelque part dans la ville, Kalan s'affairait autour de la machine qui insufflait sa force au joyau maléfique. Pour atteindre Kalan, il devait prendre la ville, défaire cette armée immense, prête à la bataille, Méliadus en tête.

Hawkmoon n'hésita pas. Il ne pouvait pas hésiter car chaque seconde de sa vie était précieuse. Il tira la sanglante Epée de l'Aurore et chargea à la tête de ses troupes.

Du haut de la colline les guerriers de Kamarg se ruèrent contre les rangs serrés des Granbretons dont la masse ondulait jusqu'à perte de vue.

Des deux côtés les lances-feu crachèrent la

mort. Hawkmoon jugea le moment propice et brandit son épée vers le ciel.

— Légions de l'Aurore ! J'appelle à moi les Légions de l'Aurore !

Une violente douleur envahit alors sa tête, le faisant gémir et il sentit la brûlure du Joyau Noir au milieu de son front. Près de lui, Yisselda eut le temps de crier :

— Dorian, qu'avez-vous ?

Mais il ne put répondre.

Déjà, ils étaient perdus dans la mêlée. Les yeux voilés par la souffrance, Hawkmoon voyait à peine l'ennemi et ne parvint tout d'abord pas à distinguer si les Légions de l'Aurore avaient ou non répondu à son appel. Mais elles étaient bien là, leur aura rougeoyant vers les cieux. Il sentit la force de l'Amulette Rouge l'emplir et s'opposer à celle du Joyau Noir. Peu à peu, son énergie lui revenait. Mais pour combien de temps ?

Autour de lui, les chevaux rendus fous par la bataille ruaient et se cabraient en hennissant furieusement ; Hawkmoon abattait son arme de tous côtés sur les guerriers en heaumes de vautour qui brandissaient de longues masses se terminant en griffes d'oiseau de proie. Il para un coup et riposta immédiatement. Son épée traversa l'armure pour plonger dans la poitrine du Vautour qui s'écroula sans vie. Il se dressa sur ses étriers et trancha une tête, évita de justesse une lourde masse qui siffla à ses oreilles et transperça de part en part celui qui avait porté le coup.

Dans le vacarme assourdissant tous se battaient avec une rage impitoyable. Les hurlements de haine et de terreur vibraient jusqu'aux nuages. Hawkmoon n'avait jamais porté son arme dans plus sauvage bataille. Epouvantés et affolés par les Légions surgies de nulle part, les guerriers du Ténébreux Empire avaient brisé leurs rangs, perdu leurs capitaines et combattaient dans le plus grand désordre mais avec un acharnement inouï.

Hawkmoon savait que cette bataille serait effroyablement meurtrière. Rares seraient ceux qui en verraient l'issue. Lui-même sans doute, mourrait avant la fin car, de nouveau, la souffrance allongeait ses tentacules jusqu'au tréfonds de son cerveau.

Aucun de ses amis ne vit périr Oladahn ; il tomba seul et sans gloire, taillé en pièces à coups de haches par une douzaine de soldats de l'Ordre du Cochon.

Mais le comte Airain mourut ainsi :

Il affronta trois barons, Adaz Promp, Mygel Holst et Saka Gerden. Ils le reconnurent, non pour son heaume qui, à part le cimier, ne se distinguait en rien de ceux de ses compagnons, mais pour sa puissante carrure et son armure d'airain. Tous trois ensemble — le Chien, la

Chèvre et le Taureau — leurs armes brandies, se précipitèrent vers lui au grand galop.

Le comte venait à peine de faire passer de vie à trépas sa dernière victime — qui ayant tué sa monture ne parvenait néanmoins pas à l'atteindre lui-même — lorsque, levant les yeux, il vit fondre sur lui les barons. A deux mains, il leva son épée au-dessus de sa tête ; la lame siffla dans l'air en coupant sous eux les jambes des trois chevaux. Les barons plongèrent en avant et s'écrasèrent sur le ventre dans la boue du champ de bataille. Adaz Promp mourut à quatre pattes et de fort humiliante façon, Mygel Holst fut décapité en une seconde, à genoux devant le comte et implorant sa grâce. Ne restait plus que Saka Gerden, le Taureau, qui avait eu le temps de se relever et de se mettre dans une position de combat décente. Toutefois, aveuglé par le heaume miroitant du comte Airain, il secouait la tête en tous sens. Voyant cela, le comte arracha son heaume d'argent et le jeta de côté, révélant ainsi sa crinière et sa moustache flamboyantes, son regard plein de fierté et de colère.

— J'en ai pris deux d'assez peu équitable manière, rugit le comte, je me dois donc de vous laisser une chance de m'occire.

Digne représentant de son Ordre, tel un taureau furieux, Saka Gerden bondit en avant. Faisant un pas de côté, le comte porta un terrible coup et le heaume de Saka Gerden vola en éclats, de même que son crâne. Le baron tomba, le comte sourit et un poignard s'enfonça dans sa gorge jusqu'à la garde. Le comte parvint néanmoins à arracher le poignard des mains de son assaillant — un guerrier de l'Ordre de la Chèvre — et, rendant coup pour coup, lui enfonça son épée en travers la gorge. Puis, le comte Airain mourut.

Orland Fank qui avait quitté ses amis avant la bataille les avait rejoint peu après et sa hache-d'armes traçait de terribles sillons dans les rangs des Granbretons. De loin, il avait vu le comte Airain se battre, puis succomber.

Enfin, les forces du Ténébreux Empire à qui manquaient trois de leurs chefs, commencèrent à se regrouper près des portes de la ville, derrière lesquelles tous se seraient volontiers réfugiés. Seule les en empêchait la présence du baron Méliadus si sombre et redoutable avec son armure noire, son heaume de loup et sa grande épée noire.

Mais bientôt, même le baron Méliadus fut contraint de reculer devant la progression irrésistible de Hawkmoon, Yisselda, D'Averc, Noblegent et Orland Fank, à la tête des quelques Kamarguais survivants et des étranges légions qui grondaient leur chant funèbre et lancinant.

Les Granbretons n'eurent même pas le temps de refermer sur eux les portes de la cité, que déjà les héros de Kamarg s'engouffraient à leur suite. Méliadus se rendit compte qu'il avait sous-estimé le pouvoir de Hawkmoon ; sa seule chance d'en triompher serait de rassembler autant de renforts que possible en attendant que Kalan découvrît le moyen d'accroître la force maléfique du Joyau Noir.

Soudain son cœur tressaillit ; Hawkmoon vacillait sur sa selle en portant les mains à son heaume d'argent ; à ses côtés le singulier personnage avec le béret et le pantalon à carreaux s'était précipité pour le soutenir, puis avait saisi le morceau d'étoffe roulé et fixé à sa selle.

— Ecoutez-moi, murmura Fank à l'oreille de Hawkmoon, essayez de comprendre. C'est le moment de vous servir du Bâton Runique, le moment de brandir notre étendard. Tout de suite, Hawkmoon, ou vous serez mort d'ici une minute !

La souffrance tournait dans son cerveau comme un rat en cage mais il parvint à prendre le Bâton Runique que lui tendait Fank. Il l'éleva au-dessus de lui et, immédiatement, les vagues et les faisceaux lumineux se mirent à danser dans l'air.

Fank poussa un hurlement sauvage.

— Le Bâton Runique ! Le Bâton Runique ! Nous nous battons pour le Bâton Runique !

Puis il éclata d'un rire tonitruant : les Granbretons se jetaient en arrière, pleins de terreur. Ils étaient si abattus à présent, qu'en dépit de leur grand nombre, Hawkmoon sentit que la victoire lui appartenait déjà.

Mais le baron Méliadus n'entendait pas se résigner à une telle défaite. Il rappela ses hommes.

— Ce n'est rien qu'un objet ! Un objet inoffensif ! En avant, imbéciles ! Saisissez-vous d'eux ! En avant !

Ils se jetèrent alors les uns contre les autres. Les deux armées allaient s'affronter de nouveau. Hawkmoon, toujours chancelant, avait fait franchir au Bâton Runique les portes de Londra où un million d'hommes s'apprêtaient à les déchirer impitoyablement.

Comme dans un songe, il galoptait en tête de ses Légions surnaturelles, guidant son cheval avec les jambes, l'Epée de l'Aurore dans une main et le Bâton Runique dans l'autre.

La pression des Cochons et des Chèvres autour d'eux était si forte qu'ils pouvaient à peine bouger. Hawkmoon aperçut une silhouette en heaume miroitant se débattre farouchement contre une douzaine de Cochons et de Chèvres qui parvinrent finalement à le désarçonner. Il frémit en pensant que ce vaillant guerrier pouvait être Yisselda. Une vague d'énergie désespérée le fit bondir en avant pour se frayer un chemin vers sa compagne en difficulté. C'est alors qu'il se rendit compte de sa méprise : c'était Noblegent qui venait de tomber tandis qu'un autre cavalier en heaume miroitant — Yisselda accourue à son secours — s'acharnait déjà à grands coups de lame contre ses assaillants.

Mais ce fut en vain. Noblegent disparut soudain dans la mêlée, les armes des Chèvres, Cochons et Chiens s'élevèrent pour s'abattre sur son corps jusqu'à ce que l'une des bêtes brandît triomphalement un heaume d'argent tout ensanglanté. Il ne le brandit toutefois qu'un court instant car, d'un seul coup de sa fine épée, Yisselda lui trancha le poignet d'où jaillit un long flot de sang.

Un nouvel assaut de douleur fulgurante l'aveugla. Kalan œuvrait, de plus en plus efficace. Hawkmoon gémit mais parvint néanmoins à se garder des armes qui sifflaient autour de lui, tout en maintenant le Bâton Runique haut vers le ciel rougeoyant.

Lorsque enfin sa vue s'éclaircit un moment, il aperçut D'Averc qui sur son cheval cabré frappait de tous côtés pour se tailler un passage parmi les Granbretons en furie. D'Averc semblait farouchement déterminé. Hawkmoon comprit soudain que son ami tentait d'atteindre le palais pour y rejoindre la femme qu'il aimait, la reine Flana.

Et c'est ainsi que D'Averc mourut :

Il accomplit la prouesse de parvenir au palais où il put s'introduire grâce à la brêche, toujours béante, ouverte lors de l'assaut lancé par Méliadus. Abandonnant son cheval au bas des escaliers, il se précipita vers les gardes qui, armés de lances-feu, protégeaient l'entrée principale. N'ayant lui-même qu'une épée, il se jeta au sol dès que les engins se mirent à crépiter et se laissa rouler dans une fosse creusée par le fluide vert et bouillonnant de la machine de Kalan. Il eut la chance d'y trouver un lance-feu avec lequel il anéantit tous les gardes en une seconde.

Alors D'Averc bondit et s'engagea dans les hauts corridors. Ses pas résonnaient à l'infini. Il courut et courut jusqu'au portail de la salle du trône. Arrivé là, il dut massacrer un autre groupe de gardes avec son lance-feu. Lui-même ne fut que légèrement brûlé à l'épaule droite. D'un coup de pied, il poussa les battants. L'immense galerie s'étendait devant lui. Tout au fond, à une lieue de là, se dressait le trône, mais il ne pouvait distinguer si Flana s'y trouvait ou non. La salle semblait complètement déserte.

D'Averc reprit sa course en direction du trône.

Ses bottes frappaient bruyamment le dallage et, tout en courant, il criait son nom.

— Flana ! Flana ! Flana !

Flana qui était restée tout le jour à rêver sur son trône, leva les yeux. Une silhouette minuscule courait vers elle. Son nom retentissait dans la salle gigantesque et de toutes parts l'écho répétait :

— Flana ! Flana !

Elle reconnut la voix, mais pensa être encore plongée dans ses songes.

L'homme approchait. Il portait un heaume qui brillait tel de l'argent poli, tel un miroir. Mais cette silhouette — c'était bien la sienne.

— Huillam ? murmura-t-elle incrédule. Huillam D'Averc ?

— Flana !

L'homme arracha, puis jeta au loin son heaume qui tomba sur le dallage en marbre avec un bruit métallique.

— Flana !

— Huillam !

Elle se leva et commença à descendre les marches.

Il ouvrit les bras, un sourire radieux illuminait son visage.

Mais il était déjà mort lorsqu'elle le rejoignit. Un faisceau incandescent jailli d'une haute galerie l'avait frappé au visage, et hurlant de douleur il était tombé à genoux ; un nouvel éclair l'avait alors frappé dans le dos et il s'était écroulé en arrière. C'est ainsi que Flana, le corps secoué de sanglots, le vit mourir à ses pieds.

Une voix satisfaite retentit depuis la haute galerie.

— Ne craignez rien, Madame, vous êtes sauvée.

Chapitre XVI

LE DERNIER COMBAT

La ville grouillait encore d'hommes en armes du Ténébreux Empire, il en surgissait sans cesse de tous côtés et le moindre trou à rat semblait en recéler. Désespéré, Hawkmoon remarquait qu'en revanche les Légions de l'Aurore s'amenuisaient de plus en plus. Car ceux qui tombaient n'étaient plus inévitablement remplacés par d'autres guerriers jaillis du néant. Le parfum doux-amer du Bâton Runique flottait en lourdes vagues tout autour de lui, tandis que dansaient les étranges figures lumineuses.

Soudain, Hawkmoon aperçut Méliadus ; au même moment une nouvelle lame de souffrance submergea son cerveau et il s'effondra aux pieds de sa monture.

Abandonnant son coursier noir, Méliadus sauta à terre et s'approcha lentement. Le Bâton Runique gisait au sol, près de Hawkmoon qui n'étreignait plus que faiblement l'Epée de l'Aurore.

Hawkmoon bougea en gémissant. La bataille

faisait rage mais tout le fracas et l'agitation lui semblaient extraordinairement lointain. De plus en plus faible et incapable de résister aux assauts fulgurants du mal qui envahissait sa tête, il entrouvrit les yeux. Déjà proche, le Loup aux babines retroussées et aux dents luisantes triomphait et le narguait. La gorge sèche, Hawkmoon fit un mouvement pour saisir le Bâton Runique.

— Enfin, Hawkmoon, enfin, dit Méliadus d'un ton suave. Mais... Vous semblez souffrir. Et... très faible. Je regrette seulement que vous ne surviviez pas assez longtemps pour voir votre ultime défaite de même que ma nouvelle esclave, Yisselda.

Il y avait presque de la pitié et de l'inquiétude dans la voix de Méliadus.

« Pourquoi ne vous levez-vous pas, Hawkmoon ? Le Joyau Noir serait-il en train de vous dévorer derrière votre masque d'argent ? Vous laisserai-je à votre mort misérable ou m'offrirai-je le plaisir de vous achever ? Répondez donc, Hawkmoon ? Ne voulez-vous pas implorer votre grâce ? »

D'un geste convulsif, Hawkmoon se traîna vers le Bâton Runique et parvint à le saisir. Un peu de son énergie lui revint presque immédiatement, un peu... suffisamment pour se remettre péniblement sur ses pieds. Haletant et chancelant, le corps plié en deux et l'œil trouble, il regardait le baron Méliadus lever son arme, prêt à l'achever.

Hawkmoon tenta de brandir son épée, mais en vain.

Son ennemi hésita.

— Vous ne pouvez pas. Vous ne pouvez même plus vous défendre. Je vous plains, Hawkmoon.

Il tendit la main.

— Donnez-moi ce petit bout de bâton, Hawkmoon. C'est sur cet objet que j'ai juré vengeance contre le Château Airain. Et l'heure de la vengeance est presque venue maintenant. Donnez-le moi, Hawkmoon.

Hawkmoon vacilla et fit deux pas en arrière en secouant la tête, trop faible pour parler.

— Allons, Hawkmoon. Il faut me le donner.

— Vous... ne... l'aurez... pas... articula le duc de Köln d'une voix rauque.

— Je vais donc devoir vous tuer d'abord.

Méliadus leva son arme. Mais soudain, le Bâton Runique jeta un grand éclair lumineux et Méliadus rencontra son propre regard dans le heaume miroitant qui lui renvoyait l'image d'un loup féroce, sa propre image. Surpris, Méliadus hésita.

Hawkmoon rassembla toute la force que lui offrait le Bâton Runique pour brandir son épée. Il ne pourrait frapper qu'une seule fois, il le savait, et ce coup devrait anéantir l'homme qui, pétrifié devant lui, était fasciné par sa propre image.

L'Epée de l'Aurore s'abattit, Méliadus poussa

un cri interminable. La lame lui avait déchiré l'épaule et s'était enfoncée jusqu'au cœur. Dans un dernier souffle, ses dernières paroles furent :

— Maudit soit-il. Je crache sur le Bâton Runique ! La ruine de notre empire !

Puis Hawkmoon roula au sol, sachant qu'il allait mourir, de même que Yisselda, de même que Orland Fank. Car leur armée était décimée tandis que pullulaient encore les soldats du Ténébreux Empire.

Chapitre XVII

LA REINE TRISTE

Hawkmoon s'éveilla en sursaut, le masque de Serpent du Baron Kalan de Vitall était penché sur son visage. L'esprit en alerte, il se redressa subitement à la recherche d'une arme dont il pût se saisir.

En haussant les épaules, Kalan se tourna vers un groupe qui attendait dans l'ombre.

— Ne vous avais-je pas dit que j'y arriverais ? Je lui ai rendu son cerveau et son énergie, cet homme insensé est rétabli. A présent, Reine Flana, puis-je solliciter de votre bienveillance la permission de reprendre ce que je faisais au moment où vous m'avez interrompu ?

Hawkmoon reconnut le masque de héron. D'un bref signe de tête la reine congédia Kalan qui s'éloigna d'une démarche pleine de lassitude et s'éclipsa dans une autre pièce en refermant soigneusement la porte derrière lui. Hawkmoon se sentit défaillir de joie en apercevant son épouse dans le groupe qui s'avançait vers lui. Ils se jetèrent dans les bras l'un de l'autre, il la serrait très fort tout en baisant la soie de ses paupières.

— Oh, je redoutais tant que, d'une manière ou d'une autre, Kalan ne trahît notre confiance, dit-elle. C'est la reine Flana qui vous a retrouvé après avoir ordonné à ses troupes de cesser le combat. Orland Fank et moi-même étions les derniers survivants et pensions que vous étiez mort. Mais Kalan vous a ramené à la vie en extrayant le Joyau Noir de votre front. Il a démantelé la machine de telle sorte que personne n'aura plus jamais à souffrir de son pouvoir maléfique.

— Que faisait-il lorsque vous l'avez interrompu, Reine Flana ? demanda Hawkmoon. Pourquoi était-il si contrarié ?

— Il allait mettre fin à ses jours, répondit-elle d'une voix où perçait déjà l'autorité de la souveraine. J'ai dû le menacer de le maintenir en vie pour l'éternité s'il refusait de vous ranimer et de détruire le Joyau Noir et la machine.

— D'Averc ? dit Hawkmoon soudain anxieux. Où est D'Averc ?

— Mort, répondit la reine d'un ton égal, tué dans la salle du trône par un garde zélé.

Une ombre de profonde tristesse vint recouvrir la joie de Hawkmoon.

— Le comte Airain, Oladahn, Noblegent ?

— Morts, répondit Orland Fank, mais pour une grande cause, en délivrant des millions d'esclaves. Jusqu'à présent l'Europe n'a connu que le feu, les armes et l'oppression. Peut-être aujourd'hui — après avoir tant souffert de l'horreur des armes — les peuples rechercheront-ils la paix.

— Plus que tout au monde le comte Airain désirait que la paix régnât en Europe, dit Hawkmoon, mais je déplore qu'il n'ait pas vécu assez longtemps pour voir son vœu réalisé.

— Peut-être son petit-fils le verra-t-il, ajouta Yisselda.

— Aussi longtemps que je serai reine, vous n'aurez rien à redouter de la Granbretanne, dit Flana. Londra sera détruite et Kanbery, la cité d'où je viens, deviendra la capitale. La fortune amassée à Londra, qui à elle seule surpasse sans doute la richesse du monde entier, servira à la reconstruction des villes et des campagnes d'Europe, à réparer, autant que possible, tout le mal que nous avons fait. »

Elle ôta son masque, révélant son beau visage triste et majestueux.

« Et, j'abolirai le port du masque. »

Orland Fank semblait sceptique, mais ne dit mot.

— Le pouvoir de la Granbretanne est brisé à tout jamais, déclara-t-il après un moment, le Bâton Runique a accompli sa tâche ici.

Il mit le ballot sous son bras.

« De même que le Bâton Runique, j'emporte l'Epée de l'Aurore et l'Amulette Rouge pour les mettre en lieu sûr. Mais si cela s'avère un jour nécessaire, ami Hawkmoon, je vous en donne ma parole, ils vous appelleront — ou vous les appellerez — et reviendront en votre possession. »

— Je souhaite qu'un tel jour ne revienne jamais, Orland Fank.

Fank soupira.

— Rien ne change jamais vraiment, Dorian Hawkmoon. Il n'existe pas d'équilibre parfait, mais si la balance penche trop dangereusement d'un côté, alors le Bâton Runique doit intervenir pour tenter de rétablir cet équilibre si fragile. Peut-être un siècle ou deux s'écouleront-ils avant qu'il ne soit à nouveau rompu ? Je l'ignore.

Une lueur de malice passa dans le regard de Hawkmoon.

— Vous devriez le savoir — n'êtes-vous pas omniscient ?

Fank sourit.

— Celui que je sers, le Bâton Runique, est omniscient, ami. Pas moi.

— Votre fils, Jehemiah Cohnahlias...

— Ceci est un mystère auquel le Bâton Runique lui-même ne saurait répondre.

Fank les regarda en passant sa main sur son nez en lame de couteau.

« Bien, je souhaite longue vie à ceux d'entre vous qui avez survécu. Vous vous êtes battus vaillamment, vous vous êtes battus pour la justice. »

— La justice ?

Hawkmoon le rattrapa alors qu'il allait quitter la pièce.

« La justice ? Cela peut-il exister ?

— Cela existe, mais ne se rencontre que très rarement, lui répondit Fank. « Seuls un labeur acharné, un combat plein de vaillance et une vie de grande sagesse peuvent aider un homme à en produire quelques fugitives étincelles.

— Oui, acquiesça Hawkmoon, vous avez peut-être raison.

Fank éclata de rire.

— Je sais que j'ai raison.

Mais déjà il était parti. Sa voix résonna une dernière fois dans le lointain.

— Ne pas confondre avec la loi, ni avec l'Ordre, comme cela est si fréquent parmi les hommes. Je parle de Justice — Harmonie, Equilibre de la Balance. N'oubliez pas cela, Hawkmoon, n'oubliez surtout pas.

Hawkmoon passa son bras autour des épaules de Yisselda.

— Je m'en souviendrai, murmura-t-il. A présent, nous devons retourner au Château Airain. Nous ferons rejaillir les sources d'eau claire, renaître les roseaux et les lagunes, revenir les taureaux, les chevaux et les flamants. Nous allons faire revivre notre Kamarg.

— Et jamais plus ne la menacera le pouvoir du Ténébreux Empire, assura la reine Flana, un sourire aux lèvres.

Hawkmoon hocha la tête.

— J'en suis persuadé. Mais si quelque autre péril venait à planer sur le Château Airain, je serai prêt à l'affronter, d'où qu'il vienne, si puissant soit-il. L'harmonie ne règne toujours pas sur le monde. Nous n'avons créé que peu d'étincelles de cette justice dont parlait Fank. Efforçons-nous maintenant d'allumer un éternel flambeau. Adieu, Flana.

Flana les regarda s'éloigner. Elle pleurait.

TABLE DES MATIÈRES

LIVRE PREMIER

LIVRE SECOND

LIVRE TROISIÈME

Achevé d'imprimer sur les presses de

BUSSIÈRE

GROUPE CPI

à Saint-Amand-Montrond (Cher)
en novembre 2007

POCKET - 12, avenue d'Italie - 75627 Paris Cedex 13

— N° d'imp. : 71875. —
Dépôt légal : décembre 2007.

Imprimé en France